Camille Laurens

L'Amour, roman

P.O.L

Camille Laurens est née en 1957 à Dijon. Agrégée de lettres modernes, elle a enseigné en Normandie, puis au Maroc où elle a passé douze ans. Aujourd'hui, elle vit à Paris.

Elle a reçu le prix Femina 2000 pour son roman *Dans ces bras-là*.

Il est du véritable amour comme de l'apparition des esprits : tout le monde en parle, mais peu de gens en ont vu.

FRANÇOIS DE LA ROCHEFOUCAULD

C'était un après-midi, l'été sans doute, dans mon souvenir il y a du soleil. J'étais par terre à moitié nue dans la chambre où j'avais vécu des années, chez ma grand-mère, et que je n'occupais plus, étudiante à Paris, que pendant les vacances. Le garçon s'appelait Éric, il était brun, maigre, il avait les cheveux longs, une barbe noire, il ressemblait à un Christ. Il s'était entièrement déshabillé et j'approchais mes lèvres de son sexe bandé lorsque ma grand-mère est entrée sans frapper — elle ouvre la porte d'un seul geste, elle fait comme chez elle. Le plan reste fixe un moment, l'opérateur ne peut éviter une contre-plongée légèrement déformante — la bouche ouverte sur le dentier qu'elle dépose chaque soir dans un verre avec un comprimé effervescent, les yeux stupéfaits, la main crispée sur la poignée, l'autre tâtonnant sur le devant de la robe à la recherche de ses lunettes, mais pas la peine, elle en a assez vu pour aujourd'hui. Le battant se referme net sur cette scène muette, le choc sonore indiquant au spectateur peu vif d'esprit — Éric, sourire servile, une main sur les couilles, l'autre à demi tendue comme s'il allait dire bonjour madame —, la vibration décroissante du chambranle, le claquement d'une autre porte, ailleurs au bout du couloir, soulignant ce qu'elle me répétera tout à l'heure en épluchant les pommes de terre, qu'il y a des limites à l'hospitalité.

Je ne disais rien, je m'appliquais à ne faire qu'un seul ruban de l'épluchure qui se déroulait telle une litanie, elle continuait, donnant de secs petits coups d'économe à la va comme je te pousse, elle ne pouvait pas tolérer une chose pareille, pas chez elle, pas sous son toit, et que dirait ma mère si elle lui racontait, sans parler de mon père bien entendu, elle était tout de même garante de ma bonne conduite, au moins tant que j'étais là — à Paris, bien sûr... —, au moins quand je lui faisais l'honneur de venir la voir, enfin, la voir, si on pouvait dire..., elle comprenait bien pourquoi je venais, pourquoi mes visites étaient plus fréquentes ces derniers temps, une fois tous les quinze jours en moyenne, tandis qu'avant..., oui oui, elle venait seulement de comprendre pourquoi.

Je me suis levée, j'ai posé le couteau sur la table, j'ai dit : écoute, mamie, mais je n'avais pas l'intention de parler, qu'est-ce que j'aurais

12

pu dire, j'avais ce désir de lui qui m'était resté parce qu'on n'avait pas osé continuer, j'en étais comme engorgée. Elle a senti que j'allais partir, m'en aller, la quitter, que même, probablement, je ne viendrais pas la rejoindre le soir au salon pour regarder la télévision avec elle, ni plus tard dans sa chambre lui lire un roman, que je resterais dans la mienne prétextant du travail à finir ; alors elle a posé la main sur mon bras, m'obligeant à me rasseoir, sa main toujours munie de l'économe, sa main couverte de ces taches brunes qu'elle appelait des fleurs de cimetière et dont j'ai moi-même quelques-unes sur la main qui court aujourd'hui, je me suis rassise en disant : quoi ? elle a encore taillé un œil à la pointe du couteau, puis elle m'a dit, non pas sur le ton du reproche ni du mépris, non, ce n'était ni un jugement ni une certitude mais une vraie question, soudain, dont peut-être moi j'avais la réponse — je me rappelle ses yeux d'enfant, le désir inquiet de sa voix —, elle m'a dit : est-ce que c'est ça, l'amour ?

Julien est dans le jardin avec Alice, il l'emmène pour le week-end, ils vont chez sa mère. Assise à mon bureau, je les vois tous deux penchés sur le vélo rouge, l'air soucieux et contents à la fois, ils font semblant d'avoir un gros problème mécanique. J'écoute *Trois petites notes de musique*, la chanson de Cora Vaucaire qui sert de générique à mon émission de radio, *la, la, la, la, je vous aime Chantait la rengaine La, la, mon amour Des paroles sans rien de sublime Pourvu que la rime Amène toujours.* Tout à l'heure, après le déjeuner, il est entré, il m'a dit : qu'est-ce que tu fais ? j'ai répondu que je ne venais pas, que je voulais avancer, j'ai montré les livres de La Rochefoucauld. Quelle inspiration, a-t-il dit, tu te lances dans le roman historique ou quoi ? Enfin, la bonne nouvelle c'est qu'au moins là tu ne parleras pas de moi, ça nous changera ; j'ai dit : Julien, arrête.

Pourquoi ai-je eu envie, il y a quelques mois, de travailler sur le duc de La Rochefoucauld, je ne sais plus, c'était peut-être justement pour cette série d'émissions de radio qu'on venait de me proposer. Je réfléchissais à la fin de l'amour, à comment ça finit, et, me rappelant, au centre d'un halo d'oubli, non pas exactement une phrase de La Rochefoucauld mais une cadence, un balancement, oui, un mouvement de balancier qui disait mieux que tout le rythme propre à l'amour, je suis allée prendre le livre dans l'armoire vitrée qui, tel un crâne à la mémoire fabuleuse, abrite derrière mon bureau tout le XVIIᵉ siècle. Cette phrase, je n'aurais pu ni la citer ni même en résumer la substance, mais de sa musique, de sa frappe je me souvenais bien, je me souvenais que ça frappait juste, au défaut de la cuirasse, au défaut de l'amour, que ça frappait là où j'avais mal.

Il y avait longtemps que je n'avais pas ouvert les *Maximes,* j'ai cherché le passage comme on attend quelqu'un qui n'arrive pas — et si je me trompais, si je l'avais perdu ? Il y a ainsi dans ma vie des pages que j'ai voulues comme on veut un corps — la gorge serrée, les mains qui tremblent — est-ce que j'exagère, est-ce que cela vous semble incroyable ? des pages qui, passé le délai de rigueur par quoi s'impose la rigueur du désir, au moment où, les ressaisissant, je me les remettais en bouche avec délice, des pages qui m'ont comblée comme un corps qu'on prend dans ses bras, ah te voilà, enfin c'est toi !

Quelles personnes auraient commencé de s'aimer, si elles s'étaient vues d'abord comme on se voit dans la suite des années ? Mais quelles personnes aussi se pourraient séparer, si elles se revoyaient comme on s'est vu la première fois ?

Ce texte ne se trouve pas dans les *Maximes,* en réalité, mais dans des *Réflexions diverses* publiées en même temps. Il s'intitule *De l'inconstance,* et l'on entend qu'il a trois siècles. Il n'a pourtant qu'un instant pour moi qui viens d'en recopier ces lignes, m'interrompant après avoir écrit « on se voit », levant la tête vers la fenêtre et le jardin traversé par le vent puis reprenant, sentant qu'il faut reprendre, se reprendre, écrivant — *dans la suite des années.* De l'autre côté de la vitre, Julien cueille du mimosa pour en apporter à sa mère. J'ai envie de sortir lui lire ces deux lignes, mais non. Hier, il m'a dit qu'il m'aimait encore, que c'était ça qui le faisait chier, de m'aimer toujours — et toi ? Alice est arrivée en courant, elle nous a mis la main dans la main, mariés, a-t-elle dit, il a cherché mes yeux. D'où je suis, je distingue la poudre jaune qui couvre ses cheveux. Il me regarde aussi.

On se voit.

C'est la grande question, la seule, au fond, celle que j'ai toujours entendue même lorsqu'elle n'était pas formulée, et quelquefois aussi je l'ai posée — les mots, les yeux —, d'autres fois non, ou bien murmurée, juste pour voir, juste pour savoir — mais souvent non, souvent tue, réponse non sue, inventée, suggérée : est-ce que tu m'aimes, est-ce que c'est de l'amour, ce que tu éprouves, ce que tu dis, ce que tu fais, est-ce que c'est de l'amour, est-ce que c'est l'amour ? Et la question hante le temps, la question monte et descend à l'infini l'axe du temps, toujours actuelle, de tout temps, intemporelle et intempestive à la fois : est-ce que nos parents s'aimaient, est-ce que nous venons de l'amour, de quel amour ? Nous aimerions la leur poser à eux aussi, à eux d'abord, la leur avoir posée avant leur mort : est-ce que vous étiez amoureux quand vous vous êtes rencontrés — tout de suite, plus tard, est-ce que vous l'avez su tout de suite, que vous vous aimiez, et comment ? — comment sait-on ces choses-là, à quels signes, à quelles traces, à quels changements, est-ce en l'autre qu'on le voit ou bien en soi, est-ce à un sourire qu'on s'en aperçoit, à un battement de cœur, à un serrement de main, à une phrase, y a-t-il des mots pour le savoir, des paroles pour le dire, en être sûr — voilà, c'est sûr, c'est ça, c'est bien ça, l'amour, c'est de l'amour — pas juste une attirance, un attrait, un désir passager, une amitié, non : l'amour — ou bien est-ce qu'on peut se tromper, est-ce qu'on se trompe souvent, vous, par exemple, est-ce que vous vous êtes trompés ?

Nous aimerions savoir, enfants nous n'osons pas — fillette, j'ouvrais mes yeux et mes oreilles, mais je n'ai jamais rien demandé —, nous les laissons vieillir sans nous dire, oublier, perdre la tête, mourir, et leur histoire n'a plus de témoins, leur histoire d'amour n'a plus d'historiographe, il n'y a plus qu'à broder, qu'à être le rhapsode de lambeaux et de bribes, il n'y a plus qu'à faire comme mon arrière-grand-mère — elle était couturière : assembler les tissus, les textiles, les textes, faire tenir ensemble des morceaux disjoints de rêves et d'étoffes, d'étoffes dont sont faits les rêves. Nous ignorons s'ils pourraient les porter, ces vêtements que nous fabriquons en souvenir d'eux sur la foi de photos floues et de récits dépareillés. N'en seraient-ils pas gênés aux entournures ? Nous n'avons plus vraiment leurs mensurations ni leur carrure, peut-être ne prenons-nous pas la mesure exacte de leur vie, de leurs amours, mais c'est ainsi, il n'y a plus qu'à tisser, filer, broder — bien sûr bien sûr ce n'est pas le texte d'origine, ce ne sont pas des pièces historiques, on n'y était pas, on ne reconstitue pas fidèlement l'histoire de l'amour, c'est seulement une histoire d'amour, des histoires d'amour, on brode, on invente, on entremêle les leurs et les nôtres, on n'est pas fidèle, mais qu'importe ? — comme disait mon arrière-grand-mère dès qu'on lui déployait un récit un peu long dont les péripéties s'accordaient mal avec sa propre expérience de la vie : c'est du roman.

Puis après on n'a pas fini, on ne met pas si tôt le point final. Après avoir remonté le temps, on veut descendre au fond, tout au fond, connaître la durée de l'amour pour nous vivants comme pour eux morts, on se lance dans l'anticipation, nouveau genre, new look, combien de temps ça dure, on se renseigne, on s'informe auprès des anciens, des savants, des spécialistes, que dit la science, que suggère la littérature, croyez-vous que ça puisse durer toujours, est-ce qu'il y a un avenir d'amour comme il y a des souvenirs d'amour, est-ce que l'amour a un avenir ? On s'enquiert auprès des parents, des amants, des enfants, on demande aux intéressés, à ceux que ça intéresse : est-ce que tu m'aimes encore, est-ce que tu m'aimes toujours, est-ce que tu m'aimeras toujours, dis, est-ce que notre amour a de l'avenir ? Maman, est-ce que je t'aimerai quand tu seras morte ? Alors on chante, il y a longtemps que je t'aime, on reprend la rhapsodie, on tisse les mélodies, jamais je ne t'oublierai, et la chanson n'est pas toujours la même, quoi qu'on dise, il y a des variantes, tant de nuances dans la moire amoureuse, et *amour* rime avec *toujours*, et *j'aimais* rime avec *jamais*, et si tu t'imagines (fillette fillette) xa va xa va xa va durer toujours la saison des za la saison des za saison des zamours, ce que tu te goures (fillette fillette), ce que tu te goures — ça rime aussi avec *amour*.

J'avais vingt-quatre ans, je préparais un doc-torat sur Racine. Mon amie Catherine m'a télé-phoné, voilà, elle avait besoin d'un service : elle avait repéré sur les bancs de la Sorbonne un agrégatif qui, contrairement aux autres, semblait ne pas s'intéresser qu'au polyptote dans la rhé-torique de saint Augustin, il devait faire deux jours plus tard un exposé sur *L'Éducation senti-mentale*, est-ce que je pouvais venir pour le voir, dire si je le trouvais beau, intelligent, brillant, enfin ce que j'en pensais, si je pensais que ça pouvait être Lui, évidemment c'était à huit heu-res, un samedi de surcroît, mais elle comptait sur moi, j'avais un bon jugement, et puis l'avenir appartient à ceux qui se lèvent tôt, amphi Cauchy, escalier C, je te revaudrai ça, merci ma belle.

Mon réveil n'a pas sonné, le samedi — je ne l'avais peut-être pas mis en position réveil. Toujours est-il que je suis entrée dans l'amphi à huit heures et demie et en me trompant de porte : au lieu d'arriver comme prévu par l'arrière de la salle et de m'asseoir discrètement au fond, j'ai débouché sur l'estrade à côté d'une espèce de blondin au regard torve qui s'est interrompu ostensiblement tandis que je gagnais un banc libre en riboulant des yeux vers Catherine, désolée, mais qu'est-ce que c'est que ce gommeux ? Il a repris son exposé : « Ce fut comme une apparition : elle était assise, au milieu du banc, toute seule ; ou du moins il ne distingua personne, dans l'éblouissement que lui envoyèrent ses yeux » — il lisait bien, on pouvait lui accorder ce point. Catherine avait manifestement quitté les sentiers escarpés du Savoir et s'ébaudissait dans la plaine fertile de l'Imagination, j'ai eu beau faire, il n'y avait plus personne, je n'avais plus d'amie. « Quels étaient son nom, sa demeure, sa vie, son passé ? Il souhaitait connaître les meubles de sa chambre, toutes les robes qu'elle avait portées, les gens qu'elle fréquentait, et le désir de la possession physique même disparaissait sous une envie plus profonde qui n'avait pas de limites » — Flaubert, admirable, mais lui, Catherine, à part sa voix, tu veux bien me dire ce que tu lui trouves ?

Le professeur, une vieille fille qui avait avalé une clepsydre, l'a arrêté au milieu d'une phrase, votre temps est écoulé, monsieur — c'était bien mon avis aussi. Alors tant pis, a-t-il rétorqué, vous ratez le meilleur — non mais quel cuistre ! Il a rassemblé ses feuillets, a quitté l'estrade. Il portait une chemise blanche ouverte au col, un pantalon rentré dans de hautes bottes noires, il était élancé, mince, athlétique, on aurait dit un cavalier du Grand Siècle, Turenne, Condé, un prince guerrier, l'idée qu'on s'en fait, avec quelque chose d'un peu sauvage aussi, comme l'Hippolyte de *Phèdre*, il avait des yeux bleus très beaux, soit, de longs cils comme ceux des enfants, une bouche rose et ourlée, une fine moustache à la d'Artagnan, les hanches étroites, la démarche élégante, la chevelure abondante et souple, le front haut, les dents belles, les mains longues et fines — bon, d'accord, peut-être, mais à part ça ?

Quand j'ai lu son annonce dans *Libé*, j'attendais Catherine à l'Écritoire : « Ce fut comme une apparition samedi 8 h 30 à Cauchy Aimerais te revoir Appelle-moi Julien », j'ai commandé un Campari sec. Tiens, tu bois du Campari, a dit Catherine ; elle s'est assise, mais elle ne tenait pas en place : elle avait décroché un rendez-vous avec Julien — « il s'appelle Julien, je lui ai parlé ce matin à la bibliothèque, j'adore ce prénom, tu sais, cette fois je crois que c'est Lui ». Elle lui avait demandé carrément s'il était d'accord pour faire connaissance, il avait dit oui, ils devaient se voir chez elle le lendemain à dix heures, non mais quel mufle ! — Qu'est-ce qu'il y a de neuf dans *Libé* ? — Rien. Excuse-moi, j'ai un coup de fil à donner. J'ai composé son numéro depuis la cabine du café, c'était lui, j'ai reconnu sa voix : chez moi, demain à huit heures et demie, si vous voulez. Il a bredouillé, il avait un truc à faire à dix heures, alors tant pis, ai-je dit (vous ratez la meilleure), non, attendez, je vais m'arranger, huit heures et demie, d'accord. J'ai dicté mon adresse, à demain, donc, j'ai raccroché — l'avenir appartient à celles qui se lèvent plus tôt que les autres.

Il est arrivé à l'heure, j'ai ouvert, il est entré, nous étions tremblants tous les deux. — Qu'est-ce qu'on va se dire ? a-t-il murmuré. J'ai mis mes bras autour de son cou, là, devant la porte, pour qu'il cesse de me voir, j'ai approché ma bouche de la sienne et j'ai dit : tout, on va tout se dire.

Tu n'as pas trop chaud, tu es frileuse, tu aimes le thé au jasmin, je préfère une bière, tu connais Catherine, c'est ma meilleure amie (ah bon ? !), c'est quoi cette cicatrice à ta tempe, une pierre que m'a jetée un grand à l'école, j'avais sept ans, j'ai cru que j'allais mourir, on saigne toujours beaucoup de la tête, même quand ce n'est pas grave, c'est la Septième de Beethoven, je l'écoute tout le temps en ce moment, *Fidelio*, non, je ne connais pas, tu as lu *Ada ou l'Ardeur*, de Nabokov, tu habites où, tu es né à Paris, non, à Étretat, ma mère y vit encore, mon père est mort, tu n'as qu'une sœur, oui, et ça me suffit, moi aussi j'ai une sœur, je devrais en avoir deux mais la dernière est morte à la naissance, je ne sais pas pourquoi, elle aurait un an de moins que moi, mes parents sont divorcés, ils habitent Dijon, je ne les vois pas souvent, je vois surtout ma grand-mère, quand j'y vais, c'est du vétiver que tu t'es mis, là, derrière l'oreille, j'adore, tu as faim, qu'est-ce que tu as envie de manger, ah mais moi je suis peut-être vénéneuse, fais attention, tu as lu *La Femme et le Pantin*, c'est une nouvelle de Pierre Louÿs, j'ai vu le film avec Marlene Dietrich, je sors moins qu'avant, j'essaie d'écrire, moi aussi, des poèmes, quel genre, des poèmes mallarméens, je cherche *la région où vivre*, tu me les montreras, si tu veux, c'est beau, ce rouge, c'est ma couleur préférée, tu aimes le chocolat praliné, tu as le temps aujourd'hui, je suis libre toute la journée, ça fait deux fois que je présente l'agreg, mais un peu en dilettante parce que ce qui m'intéresse surtout, c'est le théâtre, je voudrais faire de la mise en scène, et toi, qui est ton directeur de thèse, ils repassent *La Maman et la Putain* au Champo, tu ne connais pas ce film, c'est un chef-d'œuvre, j'aimerais le revoir avec toi, tu es sacrément musclée, dis donc, tu fais du sport, je fais de la danse depuis toute petite, tu es belle, j'adore tes bras, j'ai fait beaucoup de natation, moins maintenant mais je m'entretiens, si tu veux je te prends au bras de fer, viens, non, prends-moi autrement, tu me plais, comment, par la douceur, oui, par la force, oui.

Ce pourrait être une définition de l'amour, celle de Flaubert : la curiosité. Être, soudain, tellement curieux de quelqu'un, fou curieux. Connaître l'autre, co-naître, naître au monde avec lui, tel est l'unique projet. La phrase la plus éloignée de l'amour, ce ne serait pas « je te hais », mais « je ne veux pas le savoir ».

Je ne savais rien sur le duc de La Rochefou-cauld, strictement rien de sa vie, au début. Je me rappelais vaguement qu'il avait participé à la Fronde dans les années 1648-1650, qu'il était ami avec Mme de La Fayette, l'auteur de *La Princesse de Clèves*, et de Mme de Sablé, dont il fréquentait le salon où s'étaient, de façon plus ou moins collective, écrites les *Maximes*. C'est tout. Ça n'avait pas d'importance, me disais-je, je n'allais pas écrire une biographie documentée ni un ouvrage de référence, d'ailleurs j'en serais incapable, je ne sais pas me projeter mentalement dans une époque où je n'ai pas vécu, dans un temps où je ne vivrai plus, le passé et l'avenir sont pour moi des formes brèves, mon imagination ne produit jamais que des rêves où, comme on sait, le rêveur est toujours, j'écris d'où je suis. La langue seule me fait traverser, d'un battant de phrases, les années et les siècles. Elle m'arrive de loin, mais sans les jabots de dentelle ni les rubans de la reconstitution historique. Elle m'arrive telle quelle, nue, langue d'un éternel présent, d'une éternelle présence. La langue de La Rochefoucauld m'appartient comme on pourrait le dire d'un corps, c'est la mienne, celle que je parle et que j'ai toujours parlée, toujours. Voilà pourquoi, pensais-je, il n'était pas indispensable de bien connaître le Grand Siècle ; il me suffirait, au service de la vérité historique, d'écouter, comme je le fais maintenant, une messe de Marc-Antoine Charpentier, rien d'autre, sans même savoir si le duc a pu l'entendre — moi, je l'entends.

Mais tout de même, par acquit de conscience, scrupule scolaire ou début de rêverie amoureuse, j'ai parcouru des yeux, en diagonale, la vie de François VI, prince de Marcillac, duc de La Rochefoucauld, 1613-1680 (nuit du 16 au 17 mars) — cette précision était donnée, c'est rare, il est donc mort une nuit, j'étais chez moi, il était minuit passé, je me voyais dans le reflet de la fenêtre dont je n'avais pas fermé les volets, les larmes me sont montées aux yeux, je pleure pour rien. Est-ce que c'est plus facile, la nuit, de renoncer au matin, est-ce que c'est plus simple de mourir quand il fait noir dehors ? je me suis demandé.

Mais il y a autre chose, une chose que je savais de lui, oui, bien sûr, quand je l'ai lu je m'en suis souvenue de toute ma mémoire, et comment l'aurais-je oublié :

1672 : il perd deux de ses fils le même jour au passage du Rhin.

Ici la date précise manquait. J'aurais voulu connaître l'époque de l'année, la saison, quel temps il avait fait sur le champ de bataille, s'il neigeait, s'il faisait beau, ce qui s'était passé exactement, leur prénom, leur âge — rien, il n'y avait rien, moins que rien, moins qu'une pierre tombale. Ils n'existaient, ces deux fils, que par le chagrin que sans doute ils avaient causé à leur père — encore n'en savait-on rien, on imaginait. Alors l'histoire est revenue, à peine évincée elle a repris ses droits : le passage du Rhin, qu'est-ce que c'était, déjà ? Qui étaient les armées en présence ? Depuis quand ? Pourquoi ? Je n'avais pas d'encyclopédie sous la main, j'ai cherché en vain dans un dictionnaire. J'ai pensé regarder dans les lettres de Mme de Sévigné, celles de 1672, elle commente certainement ce drame, rien ne lui échappe de la douleur d'avoir des enfants qui vous quittent.

Alors j'ai ouvert ma bibliothèque vitrée, j'ai commencé à fouiller parmi les étagères en désordre, j'ai étendu le bras pour atteindre la deuxième rangée, invisible au fond de l'armoire, j'ai tâtonné un peu à l'aveuglette, puis j'ai ramené ce qui, par le format, me semblait être un Classique Larousse, et qui en fait était *Philippe,* ce petit livre écrit par moi sur notre fils Philippe, sur sa mort, c'était l'exemplaire de Julien, qu'il avait dû cacher là pour éviter qu'Alice ne le trouve, et d'où sont tombées pêle-mêle sur le carrelage les photographies de Philippe prises par le pédiatre de l'hôpital — lui mourant, lui mort.

Ils sont partis, j'ai entendu la voiture démarrer dans un crissement de pneus, Julien est énervé. Avant de claquer la porte, il m'a encore proposé de venir, j'ai fait non de la tête. C'est la fin, alors, a-t-il dit, mais c'était plutôt une question, j'ai haussé les épaules, je ne sais pas, Julien. Son visage s'est distordu d'un coup, il est devenu mauvais : « Eh bien, mais c'est formidable : la rupture, voilà un bon sujet de roman, toi qui m'as l'air en panne — les cris, les scènes, on ne baise plus, on se tape dessus, c'est bon ça coco, ça fait vendre. *Vingt ans après* : Dumas version autofiction, ou : *comment j'ai congédié mon mousquetaire.* Et La Rochefoucauld, qu'est-ce qu'il vient foutre là-dedans ? Un cache-misère ?

Un cache-sexe pour faire diversion ? La Roche faux cul, quoi ! Non, crois-moi, laisse tomber les fleurets mouchetés, mets-nous du sang. »

Depuis le début, Julien est ton lecteur. Tu lui as tout lu à voix haute, il a tout relu page à page. Tu attendais le moment où vous alliez vous retrouver seuls pour en parler, il t'en parlait bien, il savait lire — il sait toujours, et quelquefois tu ne résistes pas à l'envie de lui demander ce qu'il en pense. Tu ne lui as jamais dédié aucun de tes romans, il te l'a reproché. Sans doute n'as-tu pas écrit pour lui mais pour en parler avec lui. Quand tu as choisi un pseudonyme, tu lui as dit que tu préférais lui laisser son nom, car tu pensais qu'il en aurait besoin, un jour, et il a plus que toi l'orgueil du nom, l'idée de la transmission, de ce que chacun peut faire, en son nom, contre la mort. Sur ce qu'on a le droit d'écrire, il était plus déterminé que toi, naguère ; il disait qu'il fallait tout écrire, et sans attendre, sans craindre de blesser tel ou telle, ne rien remettre au lendemain — tu seras peut-être morte, demain, disait-il.

Il vient de remonter en coup de vent prendre le bouquet de mimosa qu'il avait laissé sur la table de la cuisine. Tu t'es sentie mal parce que tu venais de remettre la chanson de Cora Vaucaire que tu te passes en boucle depuis des jours, La, la, la, la, tout rêve Rime avec s'achève Le tien ne rime à rien. *En passant, il t'a jeté un regard et il t'a dit :* « En tout cas, quoi que tu nous barbouilles, oublie-moi. Conseil d'ami. »

Tu as essayé, tu as vraiment essayé, mais ça ne marche pas. Tu as essayé avec un autre nom, tu as essayé de l'appeler d'un prénom qu'il aime bien — Robert, comme son grand-père, ou Charles parce que tu sais que ça lui aurait plu — pas Edmond, non, son second prénom à l'état civil, qu'il déteste, tu l'entends d'ici, le baptiser Edmond, ce serait un motif suffisant pour qu'il t'attaque en diffamation ! pas Edmond, donc, encore que ça lui aille assez bien, c'est daté de l'époque où il aurait voulu vivre, il y a cinquante ans, d'ailleurs n'était-ce pas le prénom de son père ?

Tu as fait ce que tu as pu, tu as usé des subterfuges habituels : écrire avec les vrais noms en te disant que tu les remplacerais par d'autres à la fin, ou par une initiale réelle ou fausse, qu'il serait toujours temps. Mais la chose est impossible, elle n'a pas été possible au-delà d'une page ou deux. Avant, oui, tu pouvais, tu savais faire, et même choisir des noms avec soin, des noms qui fassent sens dans le roman, des noms intelligents porteurs d'un secret, d'un clin d'œil ou d'un rire — avant, oui, mais plus maintenant, maintenant tu ne peux plus jouer avec les noms, tu n'y arrives plus. C'est depuis Philippe, depuis qu'il est couché dans les mots comme il l'est dans la terre, tu ne peux plus. Tu te souviens quand tu as relu avec Julien la deuxième édition, après le jugement qui t'avait condamnée à « remplacer les noms des personnes et des lieux par des initiales qui ne seront en aucun cas les initiales véritables » ? Le Dr L. officiant à la clinique X., ça changeait tout — ça n'a l'air de rien, cette lettre-là prise au hasard, soi-disant, mais ça change tout, absolument tout. On voit ce que ça devient, l'histoire, à la clinique X — un film X, un accouchement sous X —, tu le sais bien, et Julien le sait aussi bien que toi : si tu pouvais changer ce nom, tu pourrais changer tous les autres, ça ne compterait pas, il n'y aurait plus de problème, si seulement tu pouvais changer ce nom. Mais l'enfant que vous avez perdu s'appelle Philippe, et le livre aussi, que tu as écrit pour ne pas le perdre, alors tu n'y peux rien, tu ne peux rien à rien, c'est impossible, sur une tombe on ne change pas les noms.

La dernière fois déjà, la question s'est posée, cette question à la fois technique et vitale, essentielle et accessoire, du nom : quoi poser sur le visage nu, quel masque assez fin pour épouser la peau ? Dans le précédent, tu t'en es tirée en désignant la plupart des personnages par leur fonction sociale ou familiale. Julien, par exemple, c'était : le mari — le mari fait ceci, le mari dit cela. Julien n'a pas du tout aimé être le mari ; d'une part il a senti combien tu l'éloignais de toi en supprimant le possessif, d'autre part il aurait préféré être l'amant — dans l'amant il y a l'âme, il y a l'amour, c'est toujours moins ridicule, tandis que dans le mari, grinçait-il, il y a « marre » — marre du mari.

Mais Julien, toutes ces années, tu as aimé le nommer, l'appeler, Julien, Julien, il y a vingt ans que tu as ce nom dans ta vie, d'ailleurs sur sa petite annonce il mettait : « Appelle-moi Julien », c'est ce que tu as fait : *tu l'as appelé, et il t'a répondu... Le nom, le mari, la vie, on n'en change pas d'un claquement de doigts ni d'un trait de plume, c'est si difficile, au contraire.*

Il te dirait, il te l'a déjà dit, que toi tu ne t'appelles pas Camille, que c'est facile, alors, de mettre les vrais noms quand on s'abrite soi-même derrière un pseudonyme, que tu as beau jeu. Mais à la réflexion, l'argument ne tient pas, puisque toi, justement si, tu t'appelles Camille. Ce n'est pas le nom que t'a donné ton père, c'est vrai, ni celui que Julien t'a donné ensuite, mais le tien, celui que tu as choisi pour tien. Alors justement si, et même on ne saurait mieux dire : tu t'appelles Camille.

Il y a Alice, aussi, il y a ce prénom qui n'est qu'à elle, que vous avez choisi ensemble en hommage à Lewis Carroll. Et puis, elle n'était pas encore née, ni même conçue, qu'elle était déjà nommée, c'est écrit, c'est elle, c'est tout.

Quant aux autres, leur nom n'a pas d'importance : Jules ou Jim, X ou Y, Pierre, Paul ou Jacques, peu importe, on peut tout imaginer, ça ne change rien à l'histoire, ce qui s'appelle rien.

Le duc de La Rochefoucauld était de très haute noblesse, et comme tous les aristocrates de son temps, malgré l'importance qu'il accorde au mérite personnel dans ses *Maximes*, il croyait à la transmission par le nom d'une sorte d'essence supérieure, quelque chose qui serait au-delà de la simple éducation, qu'on aurait dans le sang. Les grands hommes, pour lui, étaient issus des grandes familles, celles qui comptent dans leur généalogie des capitaines illustres et des fils morts à la guerre. Ce que je me demande, à le lire, c'est si on ne peut en dire autant de l'amour, si l'on peut établir une filiation dans nos façons d'aimer, s'il y a une source, une origine, un sens, un air de famille. La manière dont ça commence et comment ça finit, les rencontres, les mariages, les ruptures, le début et la fin, le type d'hommes, le genre de femmes, peut-être que tout est écrit, qu'il y a des lois, un peu comme pour la couleur des yeux. La question ne serait donc pas seulement : est-ce que nous venons de l'amour ? mais aussi et surtout : d'où vient l'amour en nous ?

Je possède un arbre généalogique de ma famille maternelle. C'est un arrière-cousin qui l'a établi il y a déjà longtemps, j'ignore où j'ai bien pu le ranger, impossible de le retrouver. Il était remonté, je me souviens, jusqu'aux guerres napoléoniennes. Les femmes se mariaient tôt, autrefois, et avaient de nombreux enfants dont beaucoup mouraient en bas âge — la date de leur mort est précédée d'une petite croix noire, deux mois, sept ans, on ne sait pas de quoi. Il arrivait aussi que les mères meurent en couches, et l'on voit Camille ou Jean se remarier avec une autre, faire d'autres enfants — Marie, Gabriel, Antoine. Il y avait beaucoup de teinturiers, dans la famille, au XIXe siècle, un ou deux officiers, et un descendant de Richard de Bas, fondateur du célèbre moulin à papier d'Ambert, assassiné, je crois, sur la route, à l'endroit qui s'appelle maintenant Col de la Croix de l'Homme mort. Vers 1810, l'un de mes ancêtres a acheté un titre de noblesse qui n'a pas dû pouvoir être conservé par la suite, j'ai oublié le nom complet, je ne suis pas sûre de l'orthographe non plus, mais je me rappelle fort bien qu'il contenait le nom Phalle, peut-être même Saint-Phalle... Mais aussi loin que je remonte dans ma mémoire, personne n'a jamais porté ce patronyme, l'ancêtre en a été pour ses frais.

Mon arrière-grand-mère s'appelait Sophie. Je l'ai connue, j'avais quinze ans quand elle est morte. Personne ne l'appelait jamais Sophie, en réalité, tout le monde a toujours dit : Mme Richard, ou bien mémé. Mais je me souviens de son prénom parce que chaque fois que j'étais première à l'école, elle racontait qu'elle aussi, autrefois, elle travaillait bien, que là-haut, dans le coron où elle habitait, près d'Hénin-Liétard (c'était son nom de jeune fille, Liétard), elle avait été la seule à décrocher le certificat d'études et que pour cette raison les garçons s'étaient longtemps moqués d'elle, la montrant du doigt en criant : « Hou, hou, Sophie-les-bas-bleus ! »

Elle ne m'a jamais expliqué pourquoi, malgré mes demandes réitérées ; elle disait seulement que Sophie signifiait « savante » — oui, mais pourquoi « bas-bleus » ?

Je viens de regarder dans le dictionnaire. Bien sûr, l'expression m'était connue, je l'associais aux pédantes, aux précieuses ridicules — oui, mais pourquoi « bas-bleus » ? Le Grand Robert est laconique : bas-bleu (traduit de l'anglais *blue stocking*) : femme à prétentions littéraires. La définition est suivie d'une citation de Théophile Gautier, extraite du Larousse du XIXe siècle : « Le Bas-bleu, sans doute ainsi appelé parce qu'il porte des bas noirs, a existé de tout temps... Qu'importe, après tout, qu'une femme barbouille quelques mains de papier ? »

Oui, qu'importe ?

J'ai de nombreux souvenirs de mon arrière-grand-mère. Elle a vécu jusqu'à sa mort dans un appartement juste au-dessus du nôtre, si bien qu'à défaut d'arbre généalogique, on pourrait se représenter concrètement l'histoire sous la forme d'une maison à deux étages abritant quatre générations de femmes : mémé (1889, Hénin-Liétard) et mamie (1909, Paris) en haut, maman (1935, Dijon), ma sœur Claude (1955, Dijon) et moi (1957, Dijon) en bas. Il y avait des hommes aussi, mais ils n'étaient que deux : mon grand-père en haut, mon père en bas, comme dans cette chanson que j'aimais tant, enfant, pour son refrain hésitant — papa faisait-il du chocolat ou bien est-ce qu'il cassait du bois, on n'en savait rien, on pouvait changer. En revanche, je n'ai pas connu mon arrière-grand-père, il est mort d'un cancer de l'estomac bien avant ma naissance. Je ne l'ai vu qu'en photographie — beau visage aux traits un peu mous, avec un air de fuite qui envahit l'image (mais c'est peut-être parce que je sais, parce qu'on m'a raconté l'histoire). On comprend qu'elle ait cédé à cette beauté, Sophie, toute savante qu'elle fût, qu'elle ait saisi sa chance sans y regarder de trop près — car certes, à scruter cette photo on voit la lâcheté, on ne peut pas ne pas la voir, c'est un air dans le regard, une veulerie qui saute aux yeux, mais on n'apprend pas vite à lire un visage, il y faut plus qu'un abécédaire.

Je sais beaucoup de choses d'elle, il me semble. Il y en a que j'invente, sûrement, ou qu'elle inventait, ou que ma mémoire a recréées de telle sorte que je ne distingue plus le vrai du faux, la réalité du conte : à un moment donné, toutes les vies entrent dans la mythologie. Par exemple, elle évoquait volontiers son opération de la vésicule biliaire réalisée sans anesthésie sur la table de la cuisine — cette table-là ? disais-je, horrifiée, en montrant le formica où j'avais posé ma tartine, non, une autre, là-haut dans le Nord, et elle racontait à plaisir combien elle avait souffert, ah ça vous forge le caractère, le ventre à l'air, les poings crispés, n'ayant d'autre ressource que de s'en enfoncer un dans la bouche pour ne pas hurler, les mâchoires paralysées par la douleur, les yeux fermés s'ouvrant par instants tout grands sur la peur de mourir, le goût amer du genièvre avalé cul sec pour faire passer tout ça — mais je me demande si je ne confonds pas avec cette scène où Clint Eastwood à moitié shooté au whisky mord à pleines dents le ceinturon de son pistolet pendant que des harpies l'amputent d'une jambe. Bref... Il n'était resté de cette chirurgie barbare qu'un récit épique et une faiblesse certaine du côté du foie (« Ce n'est pourtant pas cette opération qui m'a empêchée de me faire de la bile », disait-elle), dysfonctionnement dont les effets les plus notoires, quoique silencieux et volatils, consistaient en gaz méphitiques à mi-chemin entre l'œuf pourri et l'évanouissement, que mon père appelait des tue-l'amour et qu'elle affectait de ne pas sentir parce que rien de ce qui venait de son corps n'existait plus qu'en souvenir, et encore, alors l'amour, vous pensez...

J'y pense souvent, justement : que là où commence la mémoire pour moi, au début du XXe siècle, là jusqu'où remonte physiquement pour moi la lignée maternelle (au-delà, je ne sais plus, bien que ses récits aient évoqué quelquefois une mère qui la battait et une grand-mère paralysée), à ce point où s'ouvre le livre, dans les années 1900, il y a une femme qui n'a jamais connu l'amour — je ne parle pas de l'amour maternel ou filial, mais de l'amour tout court, de l'amour d'un homme, de l'amour réciproque d'un homme. Je veux dire ceci, précisément : que peut-être elle a aimé, au moins un moment, Sophie, elle a fait l'amour, en tout cas, au moins une fois (et il m'arrive de penser qu'elle ne l'a fait qu'une fois, une seule fois, l'amour, l'enfant, c'est comme une espèce de cauchemar, de drame ancien), mais un fait semble évident, c'est qu'elle n'a jamais été aimée.

Aucun homme n'a aimé Sophie, jamais, voilà comment je vois les choses. « Il y a des gens, écrit La Rochefoucauld, qui n'auraient jamais été amoureux s'ils n'avaient entendu parler de l'amour. » L'amour, c'est des mots, et le mot invente la chose ; aimer, c'est donner au sentiment qu'on éprouve le nom d'amour, c'est accepter de se servir des mots qui créent l'amour, quoi d'autre ? J'imagine que Sophie avait entendu parler de l'amour — elle savait lire, et puis il y avait les chansons. Mais a-t-elle jamais entendu parler d'amour ?

Son histoire, ce n'est pas par elle que je l'ai apprise ; elle ne la racontait pas volontiers, celle-là, elle ne m'en a jamais rien dit, pas un mot — elle était veuve, Mme veuve Richard, voilà tout : l'homme n'existait que par son nom et sa mort, à quoi se réduisait son héritage — le salon de coiffure où ils travaillèrent ensemble, c'est elle qui l'avait acheté avec ses gains à la Loterie nationale, heureuse au jeu... Je ne sais plus d'où je tiens l'histoire, de qui. Il n'y a pas eu de récit en règle, je crois, mais de ces bribes en suspension dans l'enfance, que la rêverie assemble ensuite en mosaïque, qui s'écrivent peu à peu comme un livre et qu'on finit par appeler le passé.

Elle l'avait rencontré au bal, l'un de ces bals municipaux où les garçons cherchaient fortune et les filles chaussure à leur pied. Elle y allait tous les samedis quoique n'aimant pas danser, poussée par sa mère qui venait de se remarier et désespérait de voir son aînée quitter jamais la maison, elle avait vingt ans déjà, c'était un petit pot à tabac au sourire parcimonieux — pas du tout une tête à s'appeler Saint-Phalle —, et si ça continuait, il n'y aurait bientôt plus personne pour vouloir lui ôter ses bas bleus. Il était garçon coiffeur, grand, beau, mince, pas noirci comme les autres jusque sous la peau par le charbon de la mine mais bien mis, le cheveu naturellement ondulé, les épaules larges et les yeux doux. Il tirait aussi prestige de son frère aîné qui, embarqué pour New York sur un coup de tête, y avait séduit une actrice du cinéma muet dont le nom s'est perdu, auprès de laquelle sa beauté faisait des ravages (ce frère, quelques années plus tard, devait rentrer au pays les pieds devant, empoisonné, dirait la rumeur, par une femme jalouse — elle ou une autre ?). Pierre invita donc Sophie à danser, c'était une valse, quelqu'un chantait sur l'estrade devant l'orchestre *quasi allegretto*, « dans un moment de fièvre sur ta lèvre j'ai goûté l'instant divin qui grise, cette exquise volupté... Ta voix douce me caresse et pourtant quand tu me dis : je t'aime, ah ! je sais que tu mens », elle n'écoutait pas, elle n'écoutait que lui, il connaissait les mots qui ouvrent tous les gestes.

Se revirent-ils deux ou trois fois après le bal de leur première rencontre ? Rien n'est moins sûr. Ça s'est plutôt fait le soir même dans une arrière-salle — il n'était pas du genre à jouer avec le feu sans allumer aussitôt la mèche —, ou bien chez lui — il habitait chez ses parents, mais il avait sûrement une combine pour ramener des filles —, ou bien au clair de lune quelque part alentour, quoique ma grand-mère soit née en juillet, mais il y a parfois de belles soirées, en octobre, même dans le Nord. Ce qui est certain, c'est qu'ensuite, très vite il a disparu, on ne l'a plus vu ni au bal ni nulle part, il ne coiffait plus les dames, il était parti. Sophie cessa d'aller au bal, elle aussi, à quoi bon danser avec des cavaliers qu'on ne retrouve pas le lendemain ? Elle n'avait plus ses règles mais il fallut que son ventre déjà un peu rond grossisse vraiment pour qu'elle fasse le rapport, elle a mis six mois à comprendre, on n'apprenait pas tout, au certificat d'études. Elle accoucha à Paris, c'est ce qu'atteste l'état civil — ma grand-mère a toujours été très fière d'être Parisienne. Des conditions de cette naissance, rien n'a jamais filtré, mais au moment où j'écris ces mots, d'un seul coup je me dis, c'est évident, elle n'a cessé de le raconter, cet accouchement elle me l'a raconté cent fois, c'était sur une table de cuisine, les dents plantées à même la main, la douleur, le sang, elle a accouché comme on faisait les anges, et ça ne l'a pas empêchée de se faire de la bile, non.

Elle revint quelques semaines plus tard, dans un autre coron pas loin de chez elle, où elle s'installa avec sa fille, une petite fille qu'elle avait appelée Marcelle. Elle était cousette dans un atelier de confection, et le soir elle faisait à Marcelle des robes de princesse et des rubans pour ses cheveux. Quelquefois elle retournait voir sa mère et ses sœurs, elle revoyait des collègues — et le Pierre ? demandait-elle ici où là, est-ce qu'on a des nouvelles ? — on n'en avait pas.

En fait, il lui avait menti sur son âge, à moins qu'ils n'en aient pas parlé. En tout cas il n'avait pas les vingt-trois ou vingt-quatre ans qu'il paraissait, mais dix-huit — il avait dix-huit ans, deux de moins qu'elle, et il était parti au service militaire. Sans doute le savait-il de longue date, en lui chuchotant des tendresses, qu'il allait partir et que tout ça ne prêtait pas à conséquence — elle n'était pas jolie et ça valait mieux, au moins il n'aurait pas de regrets, avant un grand départ mieux vaut des filles qu'on oublie. Parce que le service militaire, au début du siècle, durait une éternité, on en prenait pour quatre ou cinq ans, la quille n'était pas pour demain, Marcelle a eu tout le temps de grandir de père inconnu.

Et puis un jour, Sophie achetait du fil dans une mercerie, Marcelle était avec elle, assise sur une petite chaise au fond du magasin, ses longs cheveux naturellement ondulés retenus en arrière par un ruban de couleur, une poupée dans les bras, quand une sœur de Pierre (celle qui allait mourir du croup l'année suivante) entra. Se souvint-elle avoir vu Sophie danser avec son frère, ou s'éclipser dans les champs à son bras, ou bien avait-elle entendu parler de cette femme qui, ici et là, demandait si l'on connaissait Pierre ? elle ne l'a jamais dit. Mais après avoir salué la compagnie d'un signe de tête, elle tomba en arrêt devant cette petite fille qui la regardait, jolie, habillée de la même robe que sa poupée, une petite fille comme elle n'en aurait jamais, elle le sentait, déjà si faible, une petite fille comme elle avait été autrefois, avec la même chevelure blonde aux reflets roux maintenant dissimulée, ternie, sous un chapeau, la même bouche mutine, une petite fille dont elle avait déjà croisé les yeux châtains, elle en était sûre, mais où ? — était-ce dans le miroir où elle évitait de se regarder longtemps, ou bien n'était-ce pas plutôt sur la photographie de son frère qu'elle embrassait le soir avant de se coucher, bonsoir petit frère, je prie pour toi, la guerre flottait dans l'air et c'était son frère préféré, oui, ces yeux rieurs, et même la fossette qu'amenait le sourire sur la photographie comme sur le visage de l'enfant caressant sa poupée — alors elle s'est tournée vers Sophie et, la tutoyant brusquement, lui a dit sans douceur : « Elle est à toi, cette petite fille ? » Alors Sophie a pivoté, ses échantillons de fil à la main, sévère, « oui, pourquoi ? », craignant quelque bêtise qu'aurait commise Marcelle, mais comprenant peut-être, presque simultanément, à qui elle parlait, alors l'autre, encore indécise, a dit lentement : « C'est frappant comme elle ressemble à mon frère, n'osant prononcer son prénom puis répétant finalement, à mon frère Pierre », alors mon arrière-grand-mère a posé la main sur la tête de ma grand-mère qui serrait sa poupée entre ses bras, captivée, et elle a dit que oui, c'était sa fille, la fille à Pierre.

Ses parents débarquèrent le lendemain, méfiants, voir si c'était vrai. Ils la reconnurent tout de suite, la petite, les cheveux, les yeux, c'était signé. Il n'y avait donc plus que lui, le père, le

Pierre, pour la reconnaître. Ça n'a pas traîné — et comment qu'on l'a fait revenir, le soldat inconnu, pas en triomphe mais fissa, épouser Sophie, t'as fait l'amour, mon gars, maintenant faut faire ton devoir, t'as une petiote, tu peux pas la renier, t'es qu'une lavette ou quoi ? il a fallu réparer, dès qu'il a eu une permission tout a été réglé, il a eu la permission de se taire. « Voilà comment ils ont régularisé », disait ma grand-mère pour conclure, et comment elle avait changé de nom vers six ans, prenant celui d'un beau jeune homme de vingt-cinq ans qu'elle ne connaissait pas trois mois plus tôt, nom dont elle changerait encore des années après, avec la même hâte étonnée, en se mariant. D'amour, point, dans l'histoire, ni de beaux discours, quand tu me dis : je t'aime, ah ! je sais que tu mens. Le Pierre avait régularisé, voilà tout. Il appelait d'ailleurs Sophie sa « régulière » — demandez à ma régulière, disait-il aux clientes du salon, laissant entendre à qui voulait bien qu'en amateur de grammaire, il avait du goût pour les exceptions.

Que l'amour soit une exception, elle le savait très bien, Sophie-les-bas-bleus, à quatre-vingts ans elle se rappelait toutes les listes, caillou chou genou, acacia acajou acariâtre, char et chariot, carnaval chacal festival récital, amour délice et orgue — de grandes amours, de grandes délices, de grandes orgues, mots dont elle savait se servir sans en avoir l'usage.

Moins de quinze jours après l'amphi Cauchy, Julien m'a demandé si je voulais l'épouser, j'ai dit oui. Nous avons décidé de nous marier dans la plus stricte intimité, sans même inviter nos parents — une simple cérémonie civile, on se passerait des grandes orgues, le reste, on l'avait. Comme témoin, j'ai pris mon ami Alain parce que Catherine avait refusé, considérant qu'elle ne faisait pas partie des intimes et que je poussais un peu mémé dans les orties, non ? À l'annonce de la date, ma mère m'a fait remarquer que c'était deux jours avant l'anniversaire de mes vingt-cinq ans, c'est pour ne pas coiffer Sainte-Catherine ? a-t-elle demandé, je n'y avais même pas pensé, je ne me souvenais pas de cette tradition déb… — Ah ! mémé aurait pu t'en parler, a continué ma mère. C'est la sainte patronne des couturières. Ce jour-là, on porte un chapeau, du moins celles qui sont encore célibataires, c'était ma terreur, quand j'étais jeune, quelle cruche je faisais… — Tu sais, maman, ça n'est pas mon problème, moi, de toute façon (de toute façon, moi, Catherine, je l'avais déjà coiffée — au poteau. Elle n'en était pas devenue une sainte pour autant, à voir comment elle pardonnait — pardonner quoi, d'ailleurs ? mais moi, je n'avais pas l'intention de porter le chapeau).

44

Le jour de mon mariage, qui devait avoir lieu à 15 heures à la mairie du VIe, j'ai passé toute la matinée à faire les boutiques. Je voulais trouver une robe qui m'aille bien, je m'étais laissé le temps de la réflexion, mais bon, là on y était. Je ne cherchais pas une robe de fée, non, j'avais renoncé à me marier comme se mariaient mes poupées autrefois, « un tailleur en soie crème ou lilas, quelque chose comme ça », avait suggéré la vendeuse, j'avais acquiescé, mais là, maintenant, dans la haute psyché dorée je ne me reconnaissais plus, je me regardais de pied en cap, étrangère à moi-même, non vraiment je ne me voyais pas... C'était comme quand, trois semaines plus tôt, attrapant à la dérobée une image de Julien dans le rétroviseur, l'angle aigu de son nez sous une casquette en pure laine vierge et sur une fine moustache dont je n'osai pas lui demander s'il la portait déjà le jour de notre rencontre, soudain je m'étais dit : « Mais qui est-ce ? » Les bans étaient publiés, nous roulions sur les étroits chemins du bocage normand, assis côte à côte dans le roadster Triumph qu'il avait acheté avec son premier salaire, à dix-huit ans, et que sa mère gardait à l'abri dans son garage à Étretat, ça faisait une occasion d'aller la voir. Elle nous avait accueillis sur le seuil d'une petite maison à colombages, en tablier rose, bonjour madame, mais non, appelez-moi Marie-Thérèse, comment vas-tu mon grand, tu n'as pas bonne mine, entrez vous débarrasser, est-ce que tu peux déboucher le vin, mon chéri, il sera meilleur un peu chambré, oh c'est ravissant cette jupe que vous portez, on dirait de la soie, mais ça n'en est pas, je crois, c'est synthétique, non ? en général je ne me trompe pas sur la qualité, moi je ne peux pas mettre quoi que ce soit de ce genre, je ne supporte que les matières naturelles, les matières nobles, Julien est comme moi, c'est presque une allergie, n'est-ce pas mon Juju que nous n'aimons que le beau, ah toi mon chéri je sais à quoi tu penses, mais oui vous avez le temps de faire un tour avant le déjeuner, le gigot n'est pas cuit, je t'ai acheté du polish, tu verras sur l'établi, à côté de la nénette, c'est une vraie passion qu'a mon fils, j'espère que vous aimez les voitures, eh bien allez-y maintenant, si vous voulez, moi je vais retourner à mes fourneaux, oh là là mais vous avez les jambes bronzées, il a fait beau, à Paris, et bien lisses, comment faites-vous, vous utilisez une crème dépilatoire ou bien un rasoir jetable, simplement ? c'est du travail, n'est-ce pas ? bon, eh bien bonne promenade, à tout à l'heure — est-ce que tu avais déjà vu un monstre pareil ? m'a crié Julien en tapotant affectueusement son volant tandis que nous foncions, moteur vrombissant, vers la campagne, non, jamais.

Oui, c'était tout à fait pareil, ce jour-là, dans

le grand miroir du magasin, je me voyais comme je l'avais vu dans ce bout de rétroviseur — un autre angle, soudain, une perspective différente. Tu ne le connais pas, martelais-je mentalement, tassée sur mon siège pour ne pas gober les moucherons qui franchissaient le saute-vent, tu ne la connais pas, avait-il hurlé en caressant le tableau de bord, tu vas voir, tu vas t'habituer, tu vas l'aimer, bientôt tu ne pourras plus t'en passer, oui, sûrement, avais-je braillé comme du fond d'une crevasse, transie, gelée, cette casquette ne lui allait pas du tout, ni cette moustache mal taillée, il avait l'air d'un berger du Larzac. Les derniers kilomètres, j'étais assise à côté de lui comme s'il m'avait prise en stop — brouillard noir, éclipse d'amour. C'est la veste à basques qui vous gêne ? a dit la vendeuse. C'est parce que vous n'avez pas l'habitude, sinon l'ensemble tombe parfaitement bien, il n'y a rien à reprendre, pas une retouche. Je me tournais et me retournais devant la glace, j'essayais de me projeter dans le proche, très proche avenir (il était midi), lui et moi ensemble pour le meilleur et pour le pire, mais impossible, il n'y avait que le pire, la scène se jouait sur un écran où évoluaient des personnages inconnus, et c'était nous. Non, décidément cet ensemble ne m'allait pas du tout, d'ailleurs aucun ensemble ne pouvait m'aller, non non, il y a trop de choses à reprendre, ai-je dit à la vendeuse, et je suis sortie.

Finalement, dans une cabine chez Kenzo, j'ai
enfilé un très beau corsage blanc plissé sur le
devant — je ressemblais à un écuyer, à un page
— et une jupe en maille rouge dépareillée mais
somptueuse, vive, voyante sous mon manteau
que j'avais remis par-dessus sans même enlever
les étiquettes, je me suis dirigée d'un pas pressé
vers la sortie, j'ai ouvert la porte, au revoir,
messieurs-dames — l'alarme va sonner —, j'ai
posé le pied sur le trottoir — quelqu'un va me
retenir par le bras, par le col —, j'ai fait dix mètres, vingt, trente — quelqu'un va me poursuivre en criant : « Arrêtez-la, arrêtez-la ! » Mais
personne n'a levé le petit doigt, l'univers entier
s'en lavait les mains. C'est ainsi qu'à 15 heures,
le 30 octobre 1982, à la mairie du VIe qui jouxte
le commissariat, debout au côté de Julien coiffé
d'un taupé gris, un bouquet de fleurs à la main,
je me suis mariée, oui, oui — mais que fait la
police ?

J'ai interrogé ma mère sur ses grands-parents,
Pierre et Sophie, je lui ai demandé quel souvenir elle avait d'eux, eux ensemble, est-ce qu'elle
avait l'impression qu'ils étaient bien ensemble,
malgré tout, qu'ils allaient bien ensemble ? Sa
réponse s'est fichée en moi comme une flèche
dans une cible dont je serais le centre : après
avoir admis que sans doute il n'y avait pas
d'amour entre eux, que la question n'était pas

là, d'ailleurs, surtout à l'époque et vu les circonstances, elle a conclu : « Pour elle, je ne sais
pas ; mais pour lui, ce qui est sûr, c'est que
ç'aurait pu être une autre. »

Nous avions, Catherine et moi, avant notre
rupture (avant mon mariage), un petit code personnel pour désigner, dans nos conversations,
l'objet du désir ; nous l'avions emprunté à
Montaigne, bien qu'il l'appliquât, lui, à l'amitié
envers La Boétie — la fameuse évidence d'une
sorte de prédestination inexplicable : « Parce
que c'était lui, parce que c'était moi. » Lorsque
quelqu'un nous plaisait — un étudiant, un professeur, un voisin, un passant —, nous conden-
sions ainsi notre intuition, notre impression ou
notre hésitation : « Je crois que c'est lui, et si
c'était lui ? ça pourrait être lui, cette fois c'est
lui. » À l'inverse, du dragueur prétentieux au
vieux prof libidineux, nous disions aussi : « Une
chose est sûre : ce n'est pas lui. » Ce qu'on a pu
rire, à ce jeu-là ! Sauf la dernière fois, on ne
riait plus du tout, elle était en larmes parce que
Julien lui avait posé un lapin, elle l'avait attendu
toute la journée, elle pleurait, je lui tenais
l'épaule, j'étais encore tout imprégnée de sa
sueur et de son sperme parce que je n'avais pas
eu envie de me laver, je me taisais, riche d'amour
et avare de remords, écoute Catherine, ai-je fini
par dire, ce n'est pas grave, je lui tapotais le

bras, tu n'as qu'à admettre que ce n'est pas lui, voilà tout, ce n'est pas lui, point final, on passe à autre chose, qu'est-ce que tu dirais d'un Campari ? — si bien que lorsque, une semaine plus tard, elle nous a aperçus nous embrassant à pleine bouche derrière un pilier de la Sorbonne, j'ai eu beau nier comme une perdue, affirmer qu'elle s'était trompée, que ça n'était pas moi, d'ailleurs à cette heure-là j'étais à l'autre bout de…, « si, m'a-t-elle coupée d'un geste, telle la statue du Commandeur, si, c'était toi — elle s'est arrêtée un instant, le nez pincé, le souffle court, et jamais plus nous ne serions Montaigne et La Boétie —, c'était toi, a-t-elle repris, et c'était lui ».

C'était lui, oui, et c'est en souvenir d'elle que *Carnet de bal* commence ainsi, par cette phrase qui est le leitmotiv de l'illusion amoureuse : c'est lui, c'est toi, c'est toi et moi à la vie à la mort, c'est nous, ce ne peut être que nous. L'amour se déploie dans ce conte : toi et moi comme deux moitiés d'un coquillage dont nous reformerions l'unité perdue, dont nous retrouverions la forme unique. Ça pourrait être un autre, je l'ai pensé, cependant, assise à côté de Julien face à l'asphalte noir, tombeau ouvert, un autre conducteur qui se serait complaisamment arrêté au bord de la route où je faisais du stop, stop, arrêtez-vous, mais arrêtez-vous, prenez-moi à votre bord, prenez-moi, emmenez-moi, un autre homme, un autre visage, un autre, pas celui-là, un autre, lui ou un autre… « Je ne sais pas si ça va continuer, avec mon fils, m'avait dit Marie-Thérèse à la fin du repas, pendant que Julien astiquait ses chromes dans le garage. Il a eu une expérience très décevante avant vous, très très décevante. — Ah ! bon ? Laquelle ? avais-je demandé. — Oh ! une fille comme il y en a tant, qui, enceinte de lui, n'a pas voulu garder l'enfant. Il a insisté, il était fou d'elle. Elle a hésité, paraît-il, mais sa carrière passait avant tout, elle avait une excellente situation. Finalement, elle a avorté hors délai, en Suisse, sans rien lui dire. — En Suisse…, ai-je répété. — Oui, a-t-elle dit. Ils ont rompu, bien entendu. Et heureusement que j'étais là, croyez-moi. Tout cela pour vous expliquer que ce n'est pas gagné, avec Julien : mon fils est blessé, je préfère vous avertir… Vous savez comment il vous a décrite à moi, la première fois qu'il m'a parlé de vous ? Il m'a dit que vous étiez un mélange d'Ingrid Bergman et de Lauren Bacall ! Rien que ça ! Enfin bref, il n'a pas trop la tête sur les épaules, ces temps-ci. Cela étant, il a l'air de tenir à vous. Moi, je n'ai rien contre, je vous trouve gentille, mais vous ou une autre, n'est-ce pas ? ce qui compte pour moi, c'est que mon fils soit heureux. »

Est-ce que le hasard enlève du mystère à l'amour ou bien est-ce qu'il lui en confère, au contraire ? Ou bien n'est-ce pas le hasard mais la nécessité qui crée les couples — une nécessité mystérieuse et souterraine, une causalité secrète ? c'est là qu'est l'énigme, peut-être : qui lance le dé ? qui a dessiné la forêt où nous déambulons, tournant à droite, non, à gauche, prenant ce chemin-ci, non, celui-là, revenant sur nos pas, est-ce que tu m'aimes, ici, non, là, je suis venu te dire que je m'en vais, qui a tracé le plan du labyrinthe dont nous imaginions tirer le fil, oui, non, qui a planté le bois de nos amours ?

Les biographes soulignent tous comme une chose extraordinaire l'affection que La Rochefoucauld portait à ses enfants. Lui et sa femme en eurent huit, « dont ils s'occupèrent, écrit un historien, avec une tendresse rare à cette époque dans l'aristocratie ». Le duc eut aussi un fils avec l'une de ses maîtresses, la duchesse de Longueville, sœur du grand Condé et du prince de Conti. On dit que c'était son fils préféré, cet enfant bâtard qui mourut tout jeune à la guerre. L'histoire ne dit pas s'il en avait aimé la mère. À la fin du portrait qu'il fait de lui-même, après avoir assuré connaître « tout ce qu'il y a de plus délicat et de fort dans les grands sentiments de l'amour », il ajoute : « mais de la façon dont je suis, je ne crois pas que cette connaissance que j'ai me passe jamais de l'esprit au cœur. » Au contraire des héros de roman, le duc ne fut donc probablement jamais ni un amoureux transi ni un amant passionné, mais un père attentif et aimant. Comme les Grecs possédaient plusieurs mots pour désigner la mer sous ses formes et ses couleurs diverses, mer ouverte, marée basse, haute mer, grand large, comme les Lapons en ont vingt pour décrire ce que nous appelons « la neige », vingt mots différents selon qu'elle est blanche ou salie, fraîche ou tassée, poudreuse ou gelée, il nous faudrait cent mots où nous n'en avons qu'un, ce petit mot d'amour bon à tout et propre à rien, ce verbe « aimer » qui traîne partout, qui va pour tout — l'amour de Dieu, l'amour des hommes, l'amour de soi, l'amour des autres, et j'aime ma mère, et j'aime ma femme, et j'aime ma fille, et j'aime mon chien (et plus je regarde l'homme, plus j'aime mon chien), et j'aime les frites, et j'aime Venise, et j'aime Ravel, et j'aime ton cul, et je t'aime, et j'aime à le croire. C'est pourtant une chose singulière — sur le mur en face de chez moi, quelqu'un a écrit au pochoir : *l'amour est unique*. L'amour d'un enfant, par exemple, c'est différent de celui qu'on peut avoir pour un homme ou pour une femme. D'un amant, il est toujours possible de dire : « Ç'aurait pu être un autre. » D'un enfant, non. Quand Philippe est mort, beaucoup plus jeune que le jeune duc de Longueville, tout le monde me répétait que j'allais en faire un autre. Lui, un autre, lui ou un autre, la tête me tournait, un de perdu…, est-ce que tout se vaut ? Non, Philippe n'aurait pas pu être un autre, jamais de la vie. C'était lui, et c'était moi.

Cet amour-là, l'amour qu'ont les gens pour leurs enfants et les enfants de leurs enfants, elle l'a connu, Sophie, mon arrière-grand-mère, n'allez pas croire. Elle m'aimait, moi, à sa manière sèche, sans démonstration — quand on a été opérée les yeux ouverts on n'est pas une femmelette —, elle m'aimait en gestes — presser une orange pour le goûter, passer le chocolat d'un bol à l'autre quand il était trop chaud, embrasser un genou écorché pour y déposer « le baume du cœur », disait-elle, me lancer mon cache-nez par la fenêtre au moment du départ à l'école, l'hiver, « sinon tu vas attraper la mort, par ce temps ». Elle m'aimait en rêve, on sait bien ces choses-là, elle m'aimait de réussir en classe, d'être toujours la première et qu'on m'admire, elle m'aimait d'être Sophie mais sans les bas bleus, son rêve, elle m'aimait d'avoir eu le prix d'excellence à ce concours de diction où j'avais récité *Les Yeux* de Sully Prud-homme qu'elle m'avait fait réviser toute la semaine, le visage impassible, surveillant l'exactitude des mots sans jamais commenter ni le ton ni la scansion ni rien, il fallait le savoir par cœur, voilà tout, si tu veux être la première il faut le savoir absolument par cœur, « Bleus ou noirs, tous aimés, tous beaux, / Des yeux sans nombre ont vu l'aurore ; / Ils dorment au fond des tombeaux / Et le soleil se lève encore », c'était l'hiver, dès cinq heures l'ombre gagnait autour de la lampe, elle avait quatre-vingts ans, « Ah ! qu'ils aient perdu le regard », non, non, pas Ah !, Oh ! — et je reprenais, « Oh ! qu'ils aient perdu le regard, / Non, non, cela n'est pas possible. / Ils se sont tournés quelque part / Vers ce qu'on nomme l'invisible », elle ne disait rien du texte, du sens, de ce que ça disait, il fallait l'apprendre par cœur et être la meilleure, voilà tout, elle gardait les yeux fixés sur la page, attentive, sourcils froncés, moi debout mains derrière le dos comme on m'avait appris à me tenir, menton droit, épaules dégagées, reprise de souffle, « Les prunelles ont leur couchant, / Mais il n'est pas vrai qu'elles meurent ! », j'avais dix ans, j'allais au catéchisme, les tantes de mon père m'avaient abonnée à *La Bonne Nouvelle*, qu'est-ce qu'elle en pensait, elle, de la vie éternelle, est-ce que c'était vrai, ces histoires, le paradis, l'amour de Dieu, l'au-delà, elle qui approchait du bord, qu'est-ce qu'elle en savait ? est-ce que ça existait, ce regard plein de bonté dont nous avait parlé le pasteur, l'amour infini, l'amour sans fin, l'amour que rien n'arrête et surtout pas la mort, est-ce que c'était ça, la bonne nouvelle : qu'un jour il n'y aurait plus que l'amour ? — elle gardait les yeux rivés sur la page, suivant du doigt mot à mot les vers comme si elle apprenait à lire dans son abécédaire d'autrefois, ne relevant le visage qu'après le point final et me regardant, c'est bien, on recommencera demain, tu la sauras par cœur, ta poésie ; puis réfléchissant en me contemplant vaguement, rêvant à ce qui ferait la différence avec les autres qui sans doute la sauraient par cœur aussi, rêvant comment être la première, Sophie la savante, et disant tandis que je quittais ma pose d'enfant sage : tu pourrais peut-être sourire, à la fin, tout à fait à la fin bien sûr, en saluant le jury, un sourire poli — c'est plus poli, de sourire. Puis elle parcourait une dernière fois le poème avant de me tendre le livre et de reprendre son tricot sans allumer la lampe plus proche, elle n'avait pas besoin de voir, elle voyait dans le noir, en tout cas assez pour ce qu'elle faisait, elle tricotait comme on égrène un chapelet, la tête ailleurs mais pas dans le Ciel, ce qu'elle en pensait elle le gardait pour elle, ça passait dans le tricot, ça se fondait dans l'écharpe ou le gilet qu'elle se hâtait de finir parce que l'hiver était bien froid à Dijon, cette année-là, ce qu'elle avait dans le cœur, mystère, le poème de Sully Prudhomme, sûrement — elle avait dû l'apprendre aussi, à force —, et quelques fables de La Fontaine, mais Dieu, non, Dieu, c'était comme l'amour des hommes, des sornettes tout ça, des mots, des inventions de poètes, « tous aimés, tous beaux », c'était bien joli et il fallait le savoir par cœur pour être la première à l'école, mais sinon c'était comme Dieu, c'était comme l'amour, elle, personnellement, n'en avait jamais reçu ni la preuve ni la grâce, pas la moindre petite manifestation d'existence, et elle était comme saint Thomas, elle voulait le voir pour le croire, ça n'était jamais arrivé, mais elle ne se plaignait pas, déjà bien beau qu'on puisse vivre tranquille sans leurs foudres en élevant ses enfants, pas de nouvelles bonne nouvelle.

« Peut-être, dit ma mère. Mais ça ne les a pas empêchés d'être heureux. » Pour autant que cette idée soit juste — que l'amour n'est pas une condition nécessaire au bonheur —, elle la défend ainsi, elle défend ce qu'elle n'a pas eu avec mon père et qui, pense-t-elle, peut suffire à pallier la froideur des sentiments : ils avaient une vie de couple — c'est l'expression qu'elle emploie : une vie de couple. Cela signifie qu'ils faisaient des choses ensemble, beaucoup de choses, travailler par exemple ; presque tout, en fait. — Et l'amour ? — L'amour, non, sûrement pas. Lui courait tellement l'aventure. Et ils n'ont pas eu d'autre enfant que maman. Non, c'était un couple sans l'accouplement, dit ma mère. Est-ce si rare ?

Ils allaient presque chaque samedi chez leurs amis Poiret, les miroitiers du coin de la rue, leurs voisins, où Pierre jouait de la mandoline. Il en jouait bien, paraît-il, en amateur éclairé, il est vrai qu'il s'était beaucoup entraîné — aubades, sérénades, jalousies entrouvertes —, il accompagnait des chansons d'amour, des refrains nostalgiques, on l'écoutait, on l'applaudissait, on en redemandait, encore une, Pierre, et Sophie n'était pas la dernière à chanter : « L'Amour est un enfant perfide Qui brise ses plus beaux joujoux Malgré son air candide Nos cœurs vite en disgrâce Sont des joujoux qu'il casse ! L'Amour n'est pour moi qu'un méchant souvenir Mais c'est un enfant qui tremble toujours. Le froid prend son corps Et le fait bleuir Il faut un nid pour réchauffer l'Amour. » Et ils reprenaient tous en chœur la ritournelle, ce refrain à double volée dont j'ai retrouvé la partition dans un carton à chapeaux, le papier sent le grenier, l'odeur du temps :

« À l'Amour ferme ta porte Et n'aie d'égards pour ses regards de pauvre enfant sans logement Pleurs, regrets, c'est tout ce qu'il t'apporte... À Cupidon, oui, crois-moi, ferme ta porte.

« À l'Amour ouvre ta porte Vas-tu laisser son corps glacé Bleuir de froid tout près de toi ? C'est l'espoir malgré tout qu'il t'apporte... À Cupidon, oui, crois-moi, ouvre ta porte. »

Puis après, on commençait une belote ou un

tarot, on buvait sec — pas trop les femmes, mais quand même, un peu grises. Et dire que le lendemain il les réveillerait à cinq heures, elle et Marcelle, pour les emmener à la pêche — c'était un grand pêcheur devant l'Éternel. Elle n'aimait pas trop la nature, elle, l'herbe qui tachait les jupons, les ronces qui les déchiraient, la liberté de s'étendre, de se coucher là, à la renverse sous le ciel. Mais elle y allait, elle dépliait la nappe à carreaux, elle sortait son tricot, Marcelle prenait l'air, ça lui donnait des couleurs. Lorsqu'il avait fixé sa ligne, Pierre installait parfois un chevalet, il peignait ces petits paysages du dimanche qui sont encore accrochés dans la maison de famille, en Auvergne, qu'il a signés d'un pinceau appliqué, et des marines dont il inventait l'horizon, lui qui de sa vie n'a vu la mer.

Mais ce qui lui donnait le plus de plaisir, à elle, ce qu'elle attendait avec impatience, sous ses airs sévères, c'était les matchs de catch à quatre où elle l'accompagnait sans barguigner, à la salle municipale, et plutôt deux fois qu'une. Qu'il n'y ait pas eu un soupçon d'amour entre eux, est-ce que ça l'a empêchée de rire aux larmes, accrochée à son bras pour ne pas tomber tant les hoquets la submergeaient — je crois bien, quant à moi, ne l'avoir vue rire que là, devant l'écran de télévision où, tard le soir, s'affrontaient des colosses bedonnants en cape de dompteur, essuyer des larmes de joie. Elle adorait quand le combat singeait la passion des amants, leurs colères — petits baisers la bouche en cul-de-poule tout en s'envoyant de grandes claques à travers la figure, et les cris de bête qui ne peut pas se retenir quand vient la saison du rut, et l'empoignade à bras-le-corps, viens que je t'en mette une, et les soubresauts du vaincu, jambes écartées au milieu du ring, mimant une douleur atroce ou les spasmes de l'agonie, quel plaisir, ça fait rire parce qu'on n'y croit pas, c'est du chiqué, on le voit tout de suite, et en même temps c'est ressemblant, ça ressemble à de la souffrance, ça ressemble à de la jouissance, et elle se tordait en cascades de gloussements, mais c'est du toc — l'amour, la guerre, ça ne prête pas à conséquence, ça ne prête qu'à rire. Le plus drôle, c'est que tout le monde fait sem-blant d'y croire, les lutteurs et le public — elle aimait ce théâtre, le seul qu'elle ait connu avec l'opérette, son pendant musical ; elle aimait leur illusion comique, leur tragique illusoire. Ça valait les scènes d'amour qu'ils ne jouaient pas, ça valait les scènes de ménage qu'elle ne lui faisait pas ou plus, quand il rentrait d'une de ses fugues — pas une nuit ni même vingt-quatre heures mais des quinze jours entiers, il avait des fugues proportionnelles à sa fuite ini-tiale, une propension à l'effacement, soudain il disparaissait du paysage, pfftt, *ce fut comme une disparition.* Alors il fallait improviser, l'apprenti avait deux fois plus de travail, et Roger, l'employé du salon côté hommes, demandait une augmentation à la patronne vu qu'il devait coiffer aussi côté dames et qu'il finissait à pas d'heure avec tout ça, pas sa faute si le patron avait le feu au cul (« la santé fragile, disait Sophie aux clients, son ulcère, vous savez ce que c'est ») — puis il revenait sans jamais fournir aucune explication, ni où, ni qui, ni quoi ni qu'est-ce, mais enfin il y avait ce fait établi, cette preuve elle n'aurait su dire de quoi mais que bien des amoureuses lui enviaient à coup sûr et sur laquelle elle avait fini par se reposer un peu comme sur de l'amour, après tout, il y avait ce constat jamais démenti, plus fort que la rancœur et l'absence et la peine qu'on prenait tous à combler le vide, il y avait qu'au bout de quinze jours, trois semaines au pire, une fois ou deux, il poussait la porte du magasin, traversait le salon avec un sourire dépourvu d'ironie, ni gueule enfarinée ni tête de croque-mort, non, exactement l'air qu'on pourrait appeler *de rien*, oui, l'air de rien, l'air de « Qu'est-ce qu'il y a ? — Rien », il allait décrocher sa blouse au portemanteau, ça va Roger ? Quoi de neuf ? et se penchait au-dessus du cahier de rendez-vous posé sur le pupitre où trônait sa femme, le visage long comme un jour sans pain, où trônait mémé aimable comme une porte de prison, et à qui le tour, maintenant ? ses ciseaux à la main, son rasoir, ses fioles, il y avait qu'il revenait, qu'il finissait toujours par revenir — peut-être que ça ne prouvait rien, peut-être, mais enfin il revenait, n'empêche, il est toujours revenu.

Dans une autre version de l'histoire, peut-être aurions-nous rompu peu après notre rencontre, Julien et moi — lui serait rentré moins aimant d'une de ses absences, trop rongé par le passé et sa fidélité aux amours anciennes, je ne l'aurais pas supporté, nous nous serions quittés. Un jour — nous étions mariés depuis trois semaines —, il m'a appelée pour me dire qu'il ne rentrerait pas, qu'il restait chez son ancienne compagne, qu'en revoyant le canapé rose où il s'était si souvent lové pour lire, roulé en boule comme un chat attend sa maîtresse, il avait compris que sa place était là, et telle sa fonction : être le chat de cette femme. Ainsi un canapé rose allait décider de notre sort ? L'amour tenait donc à la couleur des choses ? Pour contrer le destin, je me suis acheté un bouquet de roses rouges au marché, et quand Julien m'a demandé ce que c'était, j'ai pris un air évasif — une heure plus tard, j'étais par terre et il m'envoyait des coups de pied dans le ventre, il ne savait pas qu'il avait épousé une traînée. Mais pour finir, pour en finir, nous sommes partis à l'étranger, et là, dans toutes les villes où nous avons séjourné, des années durant, nous avons fait du théâtre. Julien en avait toujours rêvé, et moi, j'aimais l'idée que les rêves se réalisent. Au début, il jouait avec moi dans les spectacles qu'il mettait en scène, ensuite, quand la troupe a été suffisamment constituée, il n'a plus fait que diriger. Ensemble nous avons joué Euripide, Racine, Duras, Marivaux. Il a monté Molière, Pirandello, Claudel. Nous avons été, lui Tristan, moi Yseult, et je le battais avec la chemise que je venais de lui ôter comme pour faire l'amour, je le frappais de toutes mes forces avec cette chemise blanche, furieuse de l'aimer sans le vouloir, sans l'avoir décidé ; d'abord il recevait les coups à genoux, torse nu, puis nous nous battions avec violence, nous roulions par terre en nous empoignant aux cheveux, nous nous battions comme on fait l'amour, comme nous ferions l'amour une fois les lumières éteintes. Puisque, le premier jour, il avait été mon Hippolyte, j'ai été son Aricie — je n'ai pas voulu jouer Phèdre, je n'en avais ni la fureur ni la violence, et puis seul comptait mon désir au théâtre, je voulais jouer que j'étais aimée. « Contre vous, contre moi, vainement je m'éprouve : Présente, je vous fuis ; absente, je vous trouve ; Dans le fond des forêts votre image me suit. » Je savais par cœur tout ce qu'il allait me dire, j'aurais pu lui souffler ses mots d'amour, leur feinte maladresse : « D'un cœur qui s'offre à vous quel farouche entretien ! Quel étrange captif pour un si beau lien ! Mais l'offrande à vos

63

yeux en doit être plus chère. Songez que je vous parle une langue étrangère. Et ne rejetez pas des mots mal exprimés, Qu'Hippolyte sans vous n'aurait jamais formés. » Je fondais à l'entendre, j'étais donc la première, c'était pour moi qu'il apprenait à parler l'amour, à parler couramment l'amour — pour moi seule. Plus tard, sa Bérénice a choqué parce qu'elle écoutait *Parlez-moi d'amour*, elle remontait la manivelle sur un vieux gramophone et elle appuyait son front à la fenêtre, redites-moi des choses tendres, votre beau discours, mon cœur n'est pas las de l'entendre, pourvu que toujours vous répétiez ces mots suprêmes : je vous aime. Après le départ de Titus, elle reprenait un instant sa rêverie, vous savez bien que dans le fond je n'en crois rien, et cependant je veux encore écouter ces mots que j'adore, votre voix au ton caressant qui les murmure en frémissant me berce de sa belle histoire, et malgré moi je veux y croire. Puis nous avons été Dorante et Araminte, nous avions alors presque exactement l'âge du rôle, « — car vous n'avez que trente ans, tout au plus ? — Pas tout à fait encore, madame ». Puis il a été mon frère dans *Agatha ou les Lectures illimitées* de Marguerite Duras, nous ne nous touchions jamais, nous tournions l'un autour de l'autre, nous nous retirions dans des angles, ses mots m'arrivaient comme des caresses, charnels et tendres, issus de « cette bouche que je ne connais pas ». C'étaient toujours des galères infernales, ces spectacles réalisés sans moyens, avec des comédiens passionnés, versatiles ou peu maniables, des différends, des incompatibilités, des heurts, des histoires d'argent, de salles, de régie, de lumières. On se disait toujours que cette fois on n'y arriverait pas, qu'il allait falloir abandonner. Et puis ça passait, ça finissait par passer la rampe, « le théâtre, c'est comme l'amour, disait Julien les soirs de dernière : de l'éphémère qui ne demande qu'à être éternel — il suffit d'y croire ». Et il y croyait, et j'y croyais, nous étions infiniment croyants, l'inconnu ne nous effrayait pas, nous partions le conquérir — impossible n'était pas français. Ce que j'aimais surtout, c'était les répétitions, la reprise infinie du texte toujours et jamais le même, on répétait ces mots suprêmes que le temps avait traversés sans les user, on répétait mais rien ne se répétait, tout était nouveau, vierge : oui, c'était vraiment comme l'amour, antienne rebattue et neuve, refrain unique et ressassé, présent tissé de passé. En faisant du théâtre, nous faisions l'amour, littéralement, comme on le dirait d'un ébéniste qui fait une table : la variété des formes, la rudesse et le poli des paroles, toutes les nuances du sentiment, je les ai découvertes là comme l'apprenti reconnaît peu à peu le bois sous ses doigts, le vernis ou l'écharde. J'avais pris de l'avance — j'ai commencé dès que j'ai su lire. Tragédies, poésies, romans ont fait mon savoir, mon éducation sentimentale ; ils ont été pour moi cette école d'amour qui est leur seule raison d'être, car à quoi servirait la littérature si elle ne nous apprenait pas à aimer ?

Dans l'armoire profonde qui meublait la chambre de mon arrière-grand-mère et que je vois d'où j'écris — je n'ai qu'à tourner la tête —, dans cette armoire qu'elle m'a léguée et dont, jusqu'à sa mort, elle était seule à posséder la clef, j'ai trouvé, à mon retour des grandes vacances, elle déjà enterrée et sa chambre désinfectée, sa chambre où j'ai pris sa succession pour que ma sœur, à l'étage au-dessous, ait enfin la sienne, j'ai trouvé, à genoux entre les portes grandes ouvertes, les mains tâtonnant dans l'obscurité des étagères, j'ai trouvé, comme enveloppées d'ombre, non pas les belles chemises de nuit que me donnerait ma mère plus tard, celles de son trousseau, en soie parme ou saumon incrustées de dentelle, mais des sortes de longues camisoles en coton épais ou en lin bis, vierges de tout motif décoratif, seulement fendues sur le devant, au milieu, d'une fente qui semblait avoir été faite au couteau puis ourlée — certaines étaient fermées par des boutons, d'autres béantes, la plupart solidement cousues bord à bord, des points de croix serrés en gros fil — elle était couturière quand elle l'a rencontré, et même ensuite, lorsqu'elle tenait avec lui le côté parfumerie du salon de coiffure, elle n'a jamais cessé, elle avait toujours une aiguille à la main, réparer, repriser, rapiécer, raccommoder, il y a toujours quelque chose à reprendre.

Je suis restée des heures agenouillée devant cette armoire dont je connais l'histoire parce qu'elle me l'a racontée trente-six fois, plus loquace sur les objets que sur les gens, et encore : sur l'armoire, je sais tout, et sur les chemises rien, rien que ce que j'imagine, rien que ce que j'ai imaginé au fil des nuits de mes quinze ans, me faisant jouir dans cette chambre où ils ont dormi et où ils sont morts, quelle jouissance c'était, cette fente faite pour ça, rien que pour ça — mais elle, rien, jamais, là-dessus motus, jamais rien, bouche cousue.

C'est lui qui l'a achetée, Pierre, cette armoire, à la place d'un lit. On l'avait envoyé avec l'argent nécessaire acheter un lit, il devait le choisir, négocier le prix et le ramener le matin même. On le vit revenir sur le coup de cinq heures de l'après-midi avec des panneaux de bois sombre dont on s'aperçut vite, avant même qu'il les décharge à l'épaule de la carriole du brocanteur, dont on vit bientôt, sur le trottoir devant le magasin, qu'ils n'étaient ni tête ni pied de lit, mais portes, oui, portes ouvragées où l'on distinguait nettement, si besoin était d'en avoir confirmation, la ferrure d'une serrure, portes d'un brun presque noir qu'il caressait du plat de la main, tout sourire, content de son acquisition, et puis les étagères, et la corniche, voilà, une splendide armoire bourguignonne du XVIIe siècle, très simple, dépouillée même, une armoire du temps de Pascal et de La Rochefoucauld, achetée par Pierre Richard vers 1920, à la place d'un lit, une armoire inutile alors qu'on avait tellement besoin d'un lit, mon dieu mais on ne pourra donc jamais lui faire confiance ! Est-ce à ce moment-là que Sophie a cousu serré les boutonnières de ses chemises, parce qu'elle avait épousé un homme qui suivait son désir et qu'elle n'aimait pas ça ? Et puisque de toute manière on n'avait pas de lit digne de ce nom... Déjà, vu la manière dont s'était fait le mariage, on ne pouvait pas demander le Pérou, alors l'amour, vous imaginez, autant ne pas y penser, autant faire une croix dessus.

Pourtant, dans cette autre armoire où j'ai rangé Racine, Pascal, La Rochefoucauld, Bossuet et Mme de La Fayette (ma grand-mère, les dernières années, aimait déambuler avec moi dans son appartement en inventoriant son mobilier, cette bibliothèque sera à toi, disait-elle, et ce bonheur-du-jour aussi, ta sœur aura la table de jeu et le buffet, mais tu garderas le lustre en cristal, et puis ce tapis aussi — elle aimait distribuer les choses au milieu desquelles elle mar-

chait en reine, c'était elle qui décidait, la mort faisait partie des meubles), dans cette biblio-thèque, donc, où étaient alignés, quand j'étais enfant, quelques livres reliés plein cuir derrière la partie vitrée, et, sur les côtés, invisibles, de simples ouvrages brochés souvent achetés par correspondance — je me souviens du Dr Sou-biran, des *Hommes en blanc*, de Pierre Daninos, de *Caroline Chérie*, de Françoise Sagan —, j'ai découvert, un jour que je cherchais je ne savais quoi d'interdit, un petit livre illustré de corps esquissés presque nus, cela s'appelait *Toi et moi*, c'était des poèmes de Paul Géraldy, et j'ai passé des heures à en recopier secrètement les cent pages dans l'idée de les offrir à mon prince quand il viendrait — j'avais douze ans, tout me semblait beau, juste et triste comme chez Racine que je lisais aussi, au collège, je devais être en quatrième, mais la semaine dernière, interrogée sur le thème de la photographie par une journa-liste à qui je montrais des clichés de ma famille, j'ai été capable, à sa grande stupéfaction — et à la mienne, donc ! — de convoquer de je ne sais quelle région isolée du souvenir ces vers de lui :
« Tu ne trouves donc pas que c'est triste à mou-
    rir,
ce blanc, ce noir, ces traits précis et décevants,
cercueils exacts où le passé fut pris vivant,
mais tenu si serré qu'on ne peut en sortir !...
Tu montreras à nos amis ces sarcophages

où des moments de nous sont ainsi prisonniers.
Mais moi, ces chers endroits, ces murs qui m'ont
   tant plu,
ces cadres où tu mis tes différents visages,
ne me les montre pas : je ne les verrais plus.
Ma mémoire est plus fidèle
qui sait si bien oublier.
Elle a sans doute un peu brouillé les lignes,
   défait les contours, estompé les décors qui
   restent imprécis...
Mais au souvenir réussi
elle a laissé un goût d'amour. »

Les écrivant, je me demande où est passé ce
livre, si je l'ai encore. Je pense que non, je n'arrive
plus à me représenter nettement les gravures
délicates qui l'ornaient, ni le beau papier
vergé, épais entre les doigts qui tournaient les
pages. Pourtant, à peine me levé-je, mon œil le
trouve dans les rayons, Géraldy, entre Genet et
Góngora, non pas cette édition luxueuse, partie
chez ma sœur ou chez quelque cousin, mais tout
de même ce livre, *Toi et moi*, en collection de poche,
je l'ai donc acheté, je ne sais plus quand,
j'ai eu envie de posséder ce livre. Sur la première
page figure, de ma main, mon nom de
jeune fille, exactement comme, sur le précieux
recueil, figurait celui de mon arrière-grand-mère
: oui, quelle surprise de découvrir non pas
le nom de ma grand-mère mais le sien, Sophie
Liétard, calligraphié à l'encre violette d'une

main qui avait appris les pleins et les déliés, Sophie Liétard, novembre 1913, elle l'a donc acheté l'année de sa parution, ou bien, mais c'est peu probable, on le lui a offert, elle avait vingt-quatre ans, elle était fille-mère, comme on disait, et elle lisait *Toi et moi*, de Paul Géraldy, elle que je n'ai jamais vue un livre à la main, sinon l'Almanach Vermot qu'elle se procurait chaque année, et *France-Dimanche* qu'elle appelait un livre et mon père un torchon, *France-Dimanche* que je lisais avec d'autant plus de plaisir qu'il me l'avait interdit, et où je me délectais d'histoires d'enfants que leurs parents punissent en les obligeant à s'asseoir cul nu dans une bassine d'eau de Javel — elle lisait ces poèmes d'amour bourgeois où les femmes ont peur de chiffonner leur jupe et où les caresses sont interrompues par un valet apportant le café, elle lisait : « Baisse un peu l'abat-jour, veux-tu ? Nous serons mieux », elle lisait : « Ah ! je vous aime ! je vous aime ! vous entendez ? Je suis fou de vous. Je suis fou... Je dis des mots, toujours les mêmes... Mais je vous aime ! Je vous aime... Quelque chose m'étouffe ici, comme un sanglot. J'ai besoin d'exprimer, d'expliquer, de traduire. On ne sent tout à fait que ce qu'on a su dire », elle lisait : « Je suis seul à mourir, mon petit enfant doux.../Au revoir, ma tendresse, au revoir, ma petite./Cette chose, c'est vrai, que vous m'avez écrite ? / Dans votre lit, le soir, vous repensez à nous ? / Je vous envoie mon cœur gonflé de vous, avide / de vous, mon cœur malade et triste à se briser. / Je vous envoie ma peine, et ma vie insipide, mon tourment, mon désir, mes soirs éternisés, / et pour bercer là-bas, cher corps, votre nuit vide, / des baisers, des baisers, des baisers, des baisers… »

J'ai recopié tous ces poèmes à la main, autrefois, afin qu'ils m'appartiennent et que j'en sois l'auteur, peut-être — tous, sauf le dernier, « Finale », par superstition : il parlait d'une rupture et ce n'était pas l'idée que je me faisais de l'amour, qu'il puisse finir.

(Feuilletant le livre, j'y trouve une coupure de presse, un article de *Libération* daté du 11 mars 1983, titré : « Abat-jour — La mort de Géraldy : nous sans lui ». J'apprends qu'il fut marié à Germaine Lubin, la grande cantatrice wagnérienne, et ami intime d'Hofmannsthal : je suis contente, et pour Sophie aussi : nous avons toujours su que ce type était quelqu'un de bien.)

La Rochefoucauld écrit : « Dans les premières passions les femmes aiment l'amant, et dans les autres elles aiment l'amour. » Et Géraldy : « Tu m'as dit : je pense à toi tout le jour. Mais tu penses moins à moi qu'à l'amour… M'aimerais-tu beaucoup moins, si j'étais un autre ? »

Pourquoi revenait-il, Pierre, après ses fugues, qu'est-ce qui le ramenait près de cette femme qui aurait pu être une autre ? Il revenait, on peut croire, parce que c'était sa vie — pas celle qu'il aurait choisie si on lui avait laissé le choix, sans doute, mais qui sait... Sa régulière aurait pu être plus belle, certes, mais sa vie, il en doutait : il s'estimait chanceux parce que la grippe espagnole lui était tombée dessus peu avant la guerre des tranchées, il avait réchappé d'une épidémie et d'une guerre, pas en héros sans doute, mais en vie, il s'estimait heureux. Quant à sa fille, aucun père n'aurait rêvé plus charmante : elle avait ses yeux, son sourire, ses cheveux surtout, cet extraordinaire blond roux qu'on appelle vénitien et qui était plus naturel dans la famille Richard, il ne manquait pas de le souligner, que chez les Vénitiennes mêmes qui l'obtenaient au prix d'un traitement spécial, des bains de teinture dont il réservait le secret à ses clientes d'exception — elle avait des cheveux splendides, donc, qu'il frisait en anglaises les veilles de fêtes, qu'il nourrissait d'onguents précieux et brûlait à la pleine lune afin de leur donner de la vigueur. Il revenait pour elle, sa petite Marcelle, pas choisie non plus mais reconnue aussitôt, peut-être ne l'avait-il pas désirée, cette enfant, mais il y avait mis du sien quand même, cette beauté, ce charme, il y était pour quelque chose, non ? la courbe de ses joues, la finesse de ses doigts, la prunelle de ses yeux, il l'avait reconnue, on pouvait le dire, il l'avait reconnue tout de suite, et ce qui allait avec, la jalousie passionnée, la passion folle, la folie jalouse. Voilà ce qui le faisait revenir, Pierre Richard, l'air de rien mais le cœur ardent, et voilà ce qui l'a bientôt empêché de partir : pas la sagesse de la maturité, l'âge venant, comme le pensait Sophie, mais ça, au contraire, ce trait fiché dans sa poitrine, cette folie d'homme à voir sa fille devenir une femme parmi les hommes, les autres hommes, ces gougnafiers, ces salopards qui venaient se faire tailler la moustache tous les jours avec des mines de jolis cœurs, et pourquoi pas matin et soir pendant qu'on y était ? Lui bien placé pour les repérer tout de suite, leurs longs regards en biais dans le miroir qui reflétait le fond du magasin où elle se tenait à côté de sa mère, après l'école, elle avait quatorze ans et lui à peine trente-trois, à peine l'âge de tous ces bel-lâtres qui avaient des idées bien arrêtées sur le genre de moustaches qui leur allaient le mieux, en crocs, en brosse, à la mousquetaire, à la gau-loise, ah ! Monsieur les veut en guidon de vélo, je vois, Monsieur donne dans le style sportif ! Si on peut les retrousser au fer ? mais bien sûr bien sûr, et enduites de cosmétiques elles iront toucher les favoris, absolument, Monsieur (je t'en ficherai, moi, des favoris), ceux qui, les simples d'esprit, les effrontés, les imbéciles, aspiraient, par la seule grâce d'une lèvre poilue, à la séduction de Brummel, à la virilité de Douglas Fairbanks, à l'autorité de Napoléon III, il les avait à l'œil, inutile de vous le dire, ses moustaches personnelles frémissaient comme des antennes à la moindre ondulation, au plus léger frisottis d'air — œillade, salut, compliment — il envoyait aussitôt Marcelle dans l'arrière-boutique voir s'il y était, qu'est-ce qu'ils croyaient, ces Don Juan au petit pied, ces Casanova de quartier, qu'ils allaient dévoyer sa fille en deux coups de fer à friser, à son nez et à sa barbe, qu'il suffisait de soigner ses bacchantes pour célébrer les bacchanales ? il en avait les mains tremblantes à cette seule pensée, et des aigreurs terribles à l'estomac, ça le rendait fou de les voir se lisser la lèvre d'un air rêveur, les yeux plongés dans le fond du miroir comme dans un regard de femme, va-t'en donc faire tes devoirs, Marcelle, criait-il sans se retourner, et pour Monsieur, disait-il en brandissant son coupe-chou aux confins de la carotide et du faux col, qu'est-ce que ce sera, aujourd'hui ?

« Peux-tu m'expliquer qui est ce type ? » m'a dit Julien en agitant sous mes yeux, entre mon visage et le livre que je lisais, cette lettre sur papier bleu dont je ne me rappelais plus les termes exacts, c'était une lettre de Jacques mais déjà ancienne, une lettre des premiers jours, « et ne mens pas », a-t-il ajouté, comme si, dans la science infuse qu'il avait de moi, il savait que je cherchais un mensonge — quoi dire, quoi raconter qui passe la rampe, quel développement simple comme une lettre à la poste pour justifier la phrase qu'il me lisait maintenant d'une voix ironique et mortifiée, « *j'ai grand-hâte de vous* (il fallait trouver) *et vous baise en pensée* (ça allait être dur), quel style ! un alexandrin, ma parole, tu es tombée sur un fin lettré, un poète de race » — sa main tremblait qui tenait la feuille comme un torchon bon à jeter, entre deux doigts, et tout en cherchant à me souvenir si elle était datée, j'avais peur qu'il la déchire, « donne », ai-je dit, sourcils froncés, l'air de celle qui ne voit pas bien de quoi il s'agit et pourquoi on la dérange, « *et vous baise en pensée* », reprenait-il tandis qu'au même moment je me demandais si ça pourrait passer, justement, l'assurance qu'il ne m'avait baisée qu'en pensée, comme dans le septième des dix commandements, pas plus, que j'avais toujours dit non, « *en pensée*, tu parles, continuait-il, et en vrai c'est comment, hein ? ah ! c'est sûrement génial, quand on écrit comme ça on baise sûrement bien, *j'ai grand-hâte*, que c'est beau, quel poète, quel pouet-pouet ! Et c'est quand, le prochain rendez-vous, hein ? parce que moi aussi j'ai grand-hâte, grand-hâte de lui casser la gueule, à ce pauvre mec, et comment s'appelle-t-il, d'ailleurs, la signature est illisible, bien sûr, c'est de la pensée anonyme, de la baise anonyme, ça me dégoûte de t'imaginer avec ce, ça me fait horreur, j'en ai la respiration coupée », « Julien, arrête, ce n'est rien, ce n'est personne, on s'est vus deux ou trois fois il y a trois mois, c'est une vieille lettre, maintenant c'est fini, ça n'a pas commencé de toute façon, tu débarques après la bataille (et tu fouilles dans mon sac, entre parenthèses), ce n'est rien, vraiment, on n'a même pas couché ensemble — Julien me regardait fixement, une main devant son nez comme un masque à oxygène —, j'en ai eu un peu envie, je ne dis pas, mais je ne l'ai pas fait, je lui ai toujours dit non, d'ailleurs, si tu remarques bien, il me vouvoie, alors tu vois ». Julien a retiré sa main de son visage, a inspiré puis expiré profondément, « c'est vrai ? a-t-il dit en se laissant tomber à côté de moi sur le lit, c'est vrai ? », j'ai posé la main sur sa main, « mais oui, je t'assure », puis je l'ai attiré contre moi et bercé comme un enfant qui souffre, là, là, c'est fini, à la fenêtre le jour tombait, qu'est-ce que j'allais dire à Jacques le lendemain ? « c'est fini, c'est fini », répétais-je en caressant sa belle chevelure, « c'est vrai ? c'est vrai ? » reprenait-il en écho, le vent se levait comme chaque soir à cette heure, c'était l'année dernière à la même époque, on est restés enlacés sans bouger jusqu'à la nuit venue, qu'est-ce qui était vrai, qu'est-ce qui était fini ? — je ne savais plus.

C'était après une émission sur l'amour, à la Maison de la Radio. Il achevait lui-même une interview dans le studio voisin et, m'ayant aperçue à travers la cloison vitrée, il était entré et s'était assis parmi les rares auditeurs. C'est ce qu'il m'a dit quand je suis sortie, après s'être présenté et avoir proposé de m'accompagner jusqu'à la station de taxi — Jacques, il s'appelait Jacques, Jacques Blin, j'avais peut-être vu *Sauvage*, son premier film, lui en tout cas avait lu *Carnet de bal*, je lui avais fait passer une nuit blanche avec ce livre, il avait rêvé de moi, c'est dire s'il était heureux de cette rencontre, il n'y comptait pas, il était heureux. J'avais une voix merveilleuse, grave, avec quelque chose d'un peu masculin, mais infiniment féminine aussi, très érotique — je marchais vite, est-ce que j'étais pressée de le quitter ? —, oui, une voix si belle qu'il n'avait rien entendu de ce que j'avais dit, il s'agissait d'amour, pourtant. J'ai ouvert la portière, il est monté derrière moi, j'ai donné l'adresse au chauffeur. « Je voudrais tellement vous embrasser », a-t-il dit. J'ai avancé le visage vers lui, il l'a pris dans ses mains, puis mes seins, puis mes cuisses. Sa langue me caressait la bouche, l'intérieur de la bouche, les dents, le cou, les oreilles. J'ai écarté les jambes pour que ses doigts y entrent, il a fermé les yeux, a soupiré comme de soulagement, l'un de ces soupirs qu'ont les enfants devant les trésors, « comme vous êtes faite pour la queue ! a-t-il murmuré, est-ce que vous le savez, est-ce que vous savez comme vous êtes faite pour moi ? », j'ai fermé les yeux aussi et j'ai dit oui, oui, que je le savais.

Elle ne pouvait pas mettre un pied dehors, Marcelle, sans que son père se fasse aussitôt des cheveux blancs. Quand elle a eu seize ans, il a commencé à la suivre dans la rue partout où elle allait. Dès qu'il la voyait traverser la boutique avec son chapeau sur la tête ou passer devant la vitrine, le menton droit, le nez joliment retroussé sous le parapluie dont elle espérait peut-être qu'il la déroberait au regard, « Roger, tu peux me reprendre une minute ? », disait-il sèchement, la gorge nouée, et sans se donner le temps d'enfiler son pardessus il sortait et la cherchait des yeux parmi les promeneurs, la trouvait instantanément, ne voyait qu'elle. Il la prenait en filature jusqu'à la boulangerie, la mercerie ou la boîte à lettres (une lettre, grands dieux, une lettre !), prêt à sauter sur le premier passant qui lui eût demandé l'heure ou si elle habitait chez ses parents, mais ça n'arrivait jamais, ça n'est jamais arrivé, et le seul homme qu'elle rencontrait, pour finir, sur ses petits trajets de quartier, le seul qu'elle ait jamais rencontré au cours de ses promenades minuscules, c'était lui, son père, pas décidé à la laisser découvrir ni même dévoiler à peine le vieux, très vieux secret, qui était à la fois celui de sa naissance à elle et de ses fugues à lui, l'appel du large et de la chair, le désir violent du plaisir, « l'envie de cavaler », se plaignait Sophie à quelque confidente amie quand elle n'en pouvait plus du cavaleur qu'avait toujours été son premier cavalier, et c'était vrai, de temps en temps il lui fallait monter à cru l'une de ces belles bêtes aux flancs doux et à la crinière épaisse, et cavaler, cavaler, lâcher quelque chose en lui comme un cheval au galop, sans bride aucune, galoper — dans l'ivresse de fuir et le bonheur de jouir. Mais comme il ignorait (et cette lacune le torturait plus qu'une science exacte), comme il ne savait pas si cette folie passait dans le sang et se transmettait à la descendance avec le même surprenant degré de similitude que la couleur des cheveux ou des yeux, il guettait chez sa seule fille les signes de ressemblance avec lui, espérant qu'au moins de ce côté-là elle tenait de sa mère, encore que… Car il savait, en revanche, que si les femmes n'étaient pas toutes les mêmes, Dieu merci, il y en avait qui étaient comme lui, et plus ardentes à jouir que lui, jeunes ou vieilles, quelques-unes même qui, pour un amant, n'hésitaient pas à délaisser leur maison, leur ménage, à abandonner leurs enfants, oui, leurs enfants, afin de vivre leur amour, comme elles disaient, comme le lui avait écrit cette petite maîtresse qui les voulait « tout à elle », son sexe et lui, qui parlait sans cesse de son désir de lui qu'elle avait au ventre, de son amour de sa queue, de ses couilles, de ses fesses, qui terminait ses billets doux par « J'embrasse avec amour ta bouche entrouverte et toutes les parties de ton corps, tu es ma seule pensée », tu parles, il n'était pas dupe, lui ou un autre…, il avait eu du mal à se débarrasser d'elle, pourtant, à sortir d'entre ses mains, d'entre ses griffes et ses cuisses, elle s'appelait Marcelle, cette petite-là, ça avait joué aussi, qu'elle ait le même prénom que sa fille, jamais il n'avait pu la nommer dans le plaisir, jamais, ni entendre sans effroi les râles qu'elle poussait sous ses assauts, il voulait que sa fille ignore toujours quelle cravache battait la mesure dans certains corps animaux, « j'ai mouillé ma culotte en rêvant à tes lèvres et à ton petit frère tout baveux mais costaud, ma petite sœur l'attend, gros cochon, pour le goûter d'amour », lui écrit-elle sur l'une des quatre cartes postales qu'il a conservées malgré tout, datées de mars à juin 1924, j'ignore comment elles n'ont pas été déchirées ni brûlées mais réunies à d'autres, anodines et amicales, cartes de vœux ou de vacances au fil des années, gardées enrubannées dans une boîte à chaussures, ce sont pourtant des cartes remarquables, où figurent, au lieu des sapins de Noël et des clichés de villégiature, des couples enlacés : deux sont romantiques, il fait nuit, il y a un croissant de lune, l'homme porte un nœud papillon, la femme un bouquet de roses ; sur les deux autres, une blonde peroxydée aux bras potelés, le soutien-gorge colorisé orange vif ou bleu lagon, regarde ailleurs tandis qu'un homme en chemise-cravate, le cheveu lisse et gominé, l'embrasse sur la joue tout près de la bouche. En bas à droite, sous le titre : LE BAISER, on lit ces deux octosyllabes : Vite vite pour me griser / Vite un gros baiser bien tassé. Elles commencent par « Mon bel adoré » ou « Mon gros cochon Pierre » : « Tu ne penses qu'à jouir, eh bien moi aussi, j'ai les nichons énormes, quelque chose de bien, et quand je rêve de toi j'en mets plein ma culotte », c'est signé Ta Marcelle, *ta* Marcelle comme *sa* Marcelle, il en avait des sueurs glacées en lisant ces messages qu'il a gardés pourtant, « je suis impatiente d'être à samedi, tu sais, prépare-toi, de l'amour il m'en faudra à en mourir » — il eut du mal à s'en décrocher, de celle-là, il fallut mettre en place le système D, disparaître trois semaines avec sa voisine ou sa cousine, pas d'autre solution, qu'elle comprenne bien qu'il avait compris, qu'il n'était pas dupe, « de l'amour il m'en faudra », tu parles ! — comme si c'était ça, l'amour !

Sa Marcelle ne faisait donc pas un pas sans lui, quelquefois il restait caché, rentrant par l'arrière-boutique quand elle revenait par la porte principale, d'autres fois il n'y tenait plus, il se montrait — il s'agissait d'ailleurs de lui faire voir qu'il n'était pas idiot et qu'il veillait au grain —, alors elle se retournait, l'enveloppe à peine jetée dans la boîte, et se heurtait à une blouse grise parsemée de poils, oh papa, c'est toi ? oui c'est moi, qui d'autre ? parfois le rasoir encore à la main, tu avais du courrier à poster, je vois, il la prenait par le coude en direction du magasin, tu as donc le temps d'écrire, il serrait le manche au fond de sa poche, et à qui est-ce que tu écris, ma chérie ?

J'en ai très envie touchez vous sentez comme j'en ai envie comme je suis dur laissez-moi vous déshabiller vous mettre nue je veux vous voir nue et vous, vous en avez envie ? oh oui vous êtes trempée j'aime ça vous avez un corps superbe qu'est-ce qu'il y a, vous ne voulez plus ? pourquoi ? si, j'en mets quelquefois, ça dépend, mais vous, vous ne me faites pas peur, moi ? j'ai fait un test il n'y a pas longtemps mais si vous y tenez vraiment j'en mets un, il y en a donc eu tant que ça ? faites attention, je peux être fou de jalousie, vous savez, venez dans mes bras, embrassez-moi, vous êtes à moi, ouvrez vos jambes plus encore plus oui oh oui comme ça, c'est ça, encore, ah comme c'est bon comme tu es bonne je te tiens ma belle tu sens comme je te tiens au bout de ma queue je vais éclater je vais t'en mettre partout que tu es belle comme ça quand tu bouges le cul ça te plaît hein ça te plaît attends attends sinon je vais venir viens sur moi que je te voie danser sur ma queue ma belle petite salope oui caresse-toi je t'attends ma belle vas-y danse encore va te chercher dis-moi quand tu veux oui maintenant tu me prends tu m'aspires je vais gicler je ne peux plus ça monte je vais juter ah oui ah oui je vous aime Camille je vous aime.

C'était la première fois qu'un homme t'appelait Camille en faisant l'amour. Tu ne sais pas exactement pourquoi, mais ton plaisir en a été changé. Ce sentiment qu'on peut avoir après les longues premières conversations d'amants, cette jouissance de s'expliquer à l'autre — son enfance, ses désirs, ses peurs —, tu les a éprouvés aussitôt sans rien dire, tu as eu l'impression que cet inconnu te connaissait, que dans le rapport entre ses mots, vos corps et ton nom, une forme précise de compréhension et de justesse s'établissait. Tu retrouvais grâce à lui, il t'aidait à retrouver quelque chose de toi qui n'était pas nouveau mais enfoui, une trace ou plutôt une empreinte profonde qu'autre chose avait recouverte mais pas effacée — un peu comme tu as retrouvé, quand Alice était bébé, loin dans ta mémoire préhistorique, des refrains de

*comptines. Ce n'était pas une simple sensation d'or-
dre sexuel, même si ça l'était aussi, ni l'effet d'une
technique ou d'une pratique, mais l'évidence éton-
nante d'une connaissance intime. Il ne te rendait rien
car on ne t'avait rien pris, il ne retrouvait rien car tu
n'avais rien perdu, et pourtant il retrouvait et te rendait bel et bien quelque chose — un je-ne-sais-quoi
que matérialisait dans sa bouche le prénom de*
Camille. *En y repensant plus tard, tu as compris ou
cru comprendre ce qui s'était passé (mais sans savoir
comment) : cet homme, en faisant l'amour, t'avait
rendu, avec toute la bizarrerie de ce mot qui veut dire
à la fois « ce qui est semblable » et « ce qui est unique »
— Jacques venait de te rendre ton* identité. *Et que
cherches-tu dans l'amour, comme tu le cherches dans
les romans, sinon ce qui est commun à tout le monde,
et qui pourtant n'est qu'à toi ?*

À un moment donné, tout de même, il fallut
bien la sortir, Marcelle, malgré qu'on en ait, la
montrer, la mettre sur le marché des filles à
marier. On retourna donc au bal, où l'on n'avait
pas remis les pieds depuis quinze ans, Pierre et
Sophie regardant chacun par une vitre du taxi
qui les emmenait jusqu'à la salle municipale,
Marcelle entre eux, assise bien droite dans une
robe de faille à damiers que sa mère avait reco-
piée d'un modèle de Paris, la tête bien prise sous
un chapeau au ruban assorti d'où s'échappait
la masse somptueuse de ses cheveux patiemment

ondulés au fer, Marcelle dont la silhouette souplement déployée sur le marchepied du taxi qu'on prenait le samedi parce qu'on avait les moyens laissait deviner à qui avait des yeux la belle femme élégante qu'elle pouvait devenir, qu'elle deviendrait. On entrait dans la salle de bal déjà bruissante où Sophie rejoignait, parmi les accords d'une polka, quelques matrones à la nostalgie corsetée, tandis que Marcelle inscrivait sur un minuscule carnet doré le nom des hommes qui voulaient danser avec elle, le nom des téméraires que ne rebutait pas l'œil assassin du père — vous permettez, Monsieur ? Elle dansait bien, elle avait appris avec lui, dans le salon de coiffure après la fermeture, il lui avait montré comment résister à l'étreinte, à la pression des mains, comment regarder ailleurs, ne pas croiser les yeux, rester loin. Elle avait échoué deux fois au certificat d'études, elle, pas comme sa mère, mais il s'en moquait bien, il ne l'avait pas non plus, quelle importance, à quoi ça sert quand on est belle ? Il la surveillait sans relâche, négligeant ouvertement ses propres maîtresses et les œillades de celles qui comptaient bientôt l'être, à chaque prétendant il ouvrait son carnet de bal personnel, un petit fichier mental constamment remis à jour par les ragots et les rumeurs, où il avait tôt fait d'identifier le fils du pharmacien, le cousin de ses amis Poiret ou l'héritier des Établissements Degreine, ce dernier hélas doté, en plus d'une grosse fortune, d'oreilles éléphantesques qu'on aurait du mal, connaissant les femmes comme on les connaissait, à faire passer aux yeux de Marcelle pour un atout conjugal. Plusieurs fois, au début surtout, il dut intervenir pour que l'honneur soit sauf — le sien, celui de sa fille, c'était le même. Un soir, à peine arrivés on fut obligés de repartir parce que l'orchestre interprétait une misérable chanson de Mistinguett, je l'ai tellement dans la peau, j'en suis marteau, beuglait la chanteuse à moitié nue sur l'estrade, ma parole on se serait cru dans un bouge, dès qu'il me touche c'est fini, je suis à lui, Sophie, tu as les tickets de vestiaire, il me ferait faire n'importe quoi, j'tuerais, ma foi, ah ce n'était pas de la mandoline, non, il se plaindrait à la municipalité, quand il me dit : « Viens », je suis comme un chien, bon allez, ça suffit, par ici la sortie.

Une autre fois, le fils Chaguet, des chaussures Chaguet rue de la Liberté, s'était avancé toutes dents dehors vers Marcelle qui esquissait un sourire innocent, ignorante qu'elle était, la pauvrette, des turpitudes de ce blanc-bec dont le coiffeur, lui, savait tout, informé comme par capillarité via le réseau des actrices et des cocottes à qui il bâtissait des chignons aériens que ledit fils Chaguet avait des soucis de santé à en pisser des lames de rasoir. Pierre Richard ayant d'autre part avisé la petite brune avec qui ce drôle s'affichait la semaine précédente, il n'avait pas réfléchi davantage aux grandes espérances des chaussures Chaguet, qu'il avait saisies par le col et envoyées valser à l'autre bout de la salle tandis que l'orchestre entamait *Le Beau Danube bleu* : « Monsieur, avait-il déclaré à la cantonade, dévisageant un par un divers godelureaux peu ou prou concernés par l'avis, monsieur, quand on amène sa maîtresse au bal, on n'invite pas ma fille à danser. » Puis il avait repris sa pose de torero triomphal, une main dans le dos, l'autre caressant la poche de son habit comme s'il venait d'y ranger la queue et les oreilles. Marcelle par conséquent ne dansait pas toutes les danses, elle retournait alors près de sa mère en regardant à la dérobée se consoler dans d'autres bras le fils Chaguet, qu'elle trouvait si beau.

— En fait, tu as couché avec, non ?, m'a dit Julien le lendemain. Il te baise en te vouvoyant, c'est tout — le dernier chic parisien, c'est ça ? — Mais non, écoute, tu ne vas pas recommencer, je t'ai dit que non. — De toute façon j'en suis sûr, alors tu peux bien me le dire. — Et toi, tu ne me trompes pas ? Tu es le mari fidèle, l'époux constant, toi ? — Ah ! tu avoues… — Je n'avoue rien, il n'y a rien à avouer. Mais toi, là, tu avoues. — J'aimerais mieux que tu me le dises, au moins ce serait clair. — Je croyais que tu en étais sûr… — J'en suis presque sûr. Mais je rêve encore, je suis naïf, tu sais, je m'imagine que tu es différente des autres, je suis con. — Tu connais l'histoire du type qui croit que sa femme le trompe ? — Non. — Il va voir un détective parce qu'il n'en peut plus, il est comme toi, il a envie de savoir. Une semaine plus tard, le détective lui fait son compte rendu de filature : « Alors voilà : selon vos instructions, j'ai suivi votre femme. Mardi, elle est sortie à cinq heures et s'est dirigée vers un café ; un homme l'y a rejointe. — Ah ! Et qu'ont-ils fait ? — Ils ont commandé du champagne, ils sont restés environ une demi-heure. — Et ensuite ? — Ensuite, ils sont allés dans un hôtel juste à côté. — Et ensuite ? dit le mari. — Ensuite, ils ont pris une chambre, ils sont montés, je les ai suivis dans l'escalier. — Et puis ? — Ils sont entrés dans la chambre… — Oui… ? dit le mari. Continuez. — J'ai essayé de regarder par le trou de la serrure, dit le détective, mais ils ont éteint presque aussitôt la lumière, je n'ai plus rien vu. » Alors le mari se prend la tête dans les mains et s'écrie en gémissant : « Ah ! le doute ! Toujours le doute ! »

On a ri pendant une minute. En tout cas, Julien, lui ai-je dit, il n'y a qu'avec toi que je ris comme ça. — Alors c'est vrai ? Tu as couché avec ce connard. — Mais enfin arrête, je ne vais pas te répéter cinquante fois la même chose. Et puis tu ne crois pas que tu es mal placé pour me faire la leçon. Comment va Nathalie, au fait ? — Arrête avec Nathalie, tu sais bien que c'est fini. — Nathali-i-ie, c'est fin-i-i-i, je ne crois pas que j'y retournerai un jour, ai-je chanté. — Et puis moi, ce n'est pas pareil : je t'aime. Je t'ai toujours aimée. Même quand j'ai couché avec d'autres filles, c'est toi que j'aimais. C'est à cause de toi, les autres : parce que tu ne m'aimes pas assez. J'aime les femmes, c'est vrai, mais c'est toi que j'aime. J'ai fait deux pas jusqu'à lui, j'ai caressé ses joues : qu'est-ce que tu appelles « aimer » ? Il s'est dégagé, les larmes lui montaient aux yeux, on ne va pas se mettre à définir tous les mots, non ? puis il a dit : Je sais que je t'aime parce que tu es la seule personne qui puisse me faire mourir. — Ah ! tiens, ça a un peu changé : avant — tu te souviens, sur le Pont-Neuf, le deuxième soir — tu disais que j'étais la seule personne au monde pour qui tu pourrais mourir. Tu marchais sur le parapet, à moitié ivre, et je te suppliais de descendre. Tu avais un peu envie que je t'ordonne de sauter, n'est-ce pas ? C'est ça que tu veux, alors, c'est ton idéal féminin : une femme qui donne la mort, une tueuse… ? Comme Byron, quoi : « Il est plus facile de mourir pour une femme que de vivre avec elle », c'est ça ? Et c'est ce que tu appelles « aimer les femmes » ? — Mais je vis avec toi depuis près de vingt ans, je te signale. — Oui, Julien, je suis au courant. Moi aussi, je vis avec toi depuis vingt ans. Et moi aussi, j'aime les hommes. Il s'est mordu la lèvre d'un air méprisant : — Tu veux que je te dises : tu me donnes envie de gerber. Et il est sorti.

À l'époque de La Rochefoucauld, ils avaient une carte, pour l'amour — ainsi on ne pouvait pas se perdre dans le dédale des sentiments, ni s'égarer dans le lacis des impressions contradictoires. C'était un voyage, l'amour, et on voulait savoir où l'on allait, et par quels chemins ; c'était une route dangereuse, et l'on voulait éviter les pièges, autant que possible, les embuscades, les impasses. Car malgré ces périls, on était prêt à le faire, ce voyage, oh oui, prêt à partir sans retour, à se lancer, à s'élancer. Ils étaient tous pareils, ou presque, à l'époque, autour de La Rochefoucauld : prêts à appareiller pour l'amour, prêts à y aller à pied, même, à genoux. L'amour était leur odyssée, leur horizon, le seul voyage qui vaille — « et j'aimerais mieux l'avoir fait que d'avoir vu toute la Terre ». On partait donc avec sa carte — la carte du Tendre —, on s'arrêtait ici ou là pour la lire, se repérer, ne pas se tromper. On savait lire, on voulait lire, on s'était retiré le bandeau des yeux afin de bien voir, de bien comprendre par où passer ; on ne s'embarquait pas comme Œdipe, à l'aveuglette, on ne partait pas les yeux crevés, sûrement pas,

on ne voulait pas en mourir comme un personnage de Racine, l'amour n'était pas un destin
mais une destination, on n'en mourrait pas, on
gardait les yeux bien ouverts, on regardait à
droite et à gauche, on contournait cette vaste
étendue d'eau dormante qu'est le lac d'Indifférence, on ne s'arrêtait pas dans les villages où
l'on court danger de se perdre, d'être perdu à
jamais pour l'amour — leurs noms étaient mar-
qués sur la carte : Négligence, Tiédeur, Légèreté, et le plus dangereux de tous, le petit
hameau qui, l'air de rien, vous détournait du but
pour toujours, ce lieu-dit en bas à droite, mais
si, regardez mieux, celui qui s'appelle Oubli. On
avait la carte, heureusement, la carte du trésor,
on n'avait qu'à suivre jusqu'au bout les indica-
tions, et voilà, un jour on arrivait, on touchait
au but. Alors on s'arrêtait, on ouvrait les bras
afin d'embrasser le paysage, on n'en croyait pas
ses yeux, on doutait encore, souriant incrédule,
on demandait alentour : « Est-ce que c'est là,
l'amour ? », on était donc arrivés ? — on n'arrivait pas à le croire.

Cependant, lorsqu'on regarde de près la
carte du Tendre telle qu'elle est reproduite
dans l'édition des *Œuvres complètes* de La Rochefoucauld, on distingue, tout à fait au nord,
une zone dont aucun texte ne fait mention :
c'est, au-delà de la Mer Dangereuse, un territoire qui ressemble à un pôle, à un continent

extrême ; la légende dit simplement : Terres Inconnues.

— Je vous amène dans un lieu où vous n'êtes jamais allée, vous ne savez pas où c'est. Il y a plusieurs pièces plongées dans la pénombre, nous allons jusqu'à la dernière, tout au fond. Vous avez mis votre jupe en lainage noir, celle que j'aime tant parce qu'elle est facile à remonter sur les hanches, d'un seul geste tous les hommes ici peuvent voir votre cul. Sur une table, il y a une femme à genoux. Du plafond tombe un lourd rideau de velours rouge qui dissimule tout le haut de son corps, les pans du rideau sont arrêtés à la taille par une petite ceinture de cuir : le cul de la femme n'en est que plus marqué, ses cuisses écartées brillent dans l'obscurité. Venez plus près, voyez, je mets un doigt dans sa chatte, je vous montre comme c'est facile, n'importe qui peut le faire. Venez, laissez-moi vous conduire un peu plus loin, vers tous ces hommes qui vous attendent. — Non, non, je ne veux pas. — Oh si, vous voulez, oh si ! — Je ne veux que vous. — Oui, je vais vous ouvrir, mais tout à l'heure, vous ne saurez plus si c'est moi, il y a tant d'hommes ici, ils attendent leur tour la queue à la main, vous sentez comme ils sont impatients, comme ils ont hâte, mettez-vous en position, là, voilà, c'est bien, tout à l'heure je vous laisserai seule avec eux, vous ne saurez pas si je suis à côté en train

93

de jouir de l'autre femme ou si je vous regarde les faire juter l'un après l'autre, ne protestez pas sinon je vous fouette avec ma ceinture, sentez comme le cuir est raide, je n'aimerais pas vous faire mal mais si vous m'y obligez je le ferai — ne criez pas, si vous criez on trouvera une queue pour vous bâillonner... Bien, vous voilà complètement ouverte à présent, vous sentez les mains vous frôler, vous attraper les seins par en dessous, vous tendre le cul en tirant sur vos hanches, vous sentez les doigts entrer et sortir de votre chatte, les queues aller et venir, vous entendez les emballages de capotes qu'on déchire d'un seul coup, l'impatience, la puissance, la force, c'est ce qui vous fait vous ouvrir un peu plus encore, de ne pas les voir, de ne pas savoir qui ils sont, combien ils sont, vous ne les voyez pas mais vous les entendez, vous les sentez qui vous palpent et s'impatientent, non ce n'est pas fini, non, il y en a d'autres qui arrivent, ils vont tous vous la mettre, tous, comme ils veulent, où ils veulent, vous voulez bien, n'est-ce pas, que je vous livre à eux, oh oui vous voulez, dites-le, ma belle petite chienne, dis-le, dis-le encore, dis que tu ne veux pas que ça s'arrête, dis-le encore, encore, encore.

Il murmurait à mon oreille, il me tenait à bout de mots, à bout portant de ses mots qui m'emportaient, de ces mots toujours les mêmes, répétés ailleurs partout, de ces images en charroi qu'il faisait surgir comme le professionnel qu'il était — cinéma, cinéma, l'amour c'est du cinéma, disait Sophie —, ces images dont le torrent irrigue les regards toujours partout, *des yeux sans nombre*, je n'étais pas la seule, non, nous n'étions pas seul à seule mais dans le torrent, pris dans la nasse et noyés dans la masse, le monde, l'univers, la ville, non, je ne veux pas, ai-je dit, je ne voulais pas, je voulais être la seule, je veux être la seule, vous entendez : la seule, et que ce soit la première fois, l'origine, qu'il n'y ait que nous, toi et moi, tu comprends, only you and me, un idiome à nous, une langue unique, étrangère à tous sauf à nous, private joke, ca-pici — puis j'ai senti que la vague allait se retirer comme un dieu qu'on a fâché, alors j'ai rappelé à moi les images et les mots, qu'on en finisse, que je disparaisse, que je me fonde, prenez-moi, livrez-moi, dépensez-moi, liquidez-moi, oui, oui, encore.

Le duc de La Rochefoucauld descendait de la famille des Lusignan, apparentée, selon la légende, à « la mère Lusigne », la fée Mélusine. Il semble que le duc, en cette première moitié du XVIIe siècle où Descartes publie son *Discours de la méthode*, ait tenu à sa magique ascendance et qu'il l'ait même revendiquée.

Mélusine est cette femme qui, dans les récits du Moyen Âge, se transformait chaque samedi en serpent à la suite d'une faute obscure dont la nature est sans doute celle de toutes les fautes. Elle avait donc prié Raymondin, son époux, de la laisser seule le samedi, lui faisant promettre de ne pas chercher à même l'entr'apercevoir ce jour-là. Bien sûr, jaloux et curieux, celui-ci désobéit et découvrit, par un trou percé à l'épée dans la porte, que sa reine, « du nombril en bas », était un animal, « et moult longuement débattait sa queue en l'eau tellement qu'elle en faisait jaillir jusqu'à la voûte de sa chambre ». Son secret ainsi trahi, Mélusine s'enfuit pour toujours, jamais son mari ne la revit sous forme humaine. La légende affirme qu'elle apparaît toutes les fois qu'un de ses descendants est sur le point de mourir. Le duc la vit-il à son chevet la nuit du 16 au 17 mars 1680, et sous quelle apparence ? Vit-il la belle princesse, la bâtisseuse de forteresses, la mère de dix enfants ? Ou bien aperçut-il, en un éclair, la femme-serpent, celle qu'André Breton devait célébrer beaucoup plus tard comme « la figure qui dissipe autour d'elle les systèmes les mieux organisés parce que rien n'a pu faire qu'elle y soit assujettie ou comprise », celle qui tient « le sceptre sensible » contre « tous les modes de raisonnement dont les hommes sont si pauvrement fiers, si misérablement dupes », la fée, enfin, dont les lois doivent triompher du « despotisme masculin » qui veut en « empêcher à tout prix la divulgation » ? Approcha-t-il de ces terres inconnues, ou bien songea-t-il que Raymondin n'aurait pas dû creuser ce trou dans la porte pour voir, qu'il y a des lieux à méconnaître et des images à recouvrir, et qu'on est souvent plus heureux par les choses qu'on ignore que par celles que l'on sait ?

Mon grand-père s'appelait Marcel — Marcel Tissier. Son vrai prénom était Camille, mais il ne l'aimait pas, il en avait donc changé, très tôt il s'est appelé Marcel. Il avait vingt-quatre ans lorsqu'il passa pour la première fois la porte du magasin et demanda aimablement à Sophie Richard juchée sur une chaise haute derrière la caisse si on pouvait le prendre tout de suite, sans rendez-vous, juste histoire de lui rafraîchir la nuque. Interrogé sur ce point, le patron se retourna, regarda son futur gendre sans aménité particulière, puis, constatant que celui-ci avait la mine peu conquérante et, du reste, le système pileux fort modeste, l'invita à s'asseoir — Roger, tu peux t'occuper de Monsieur ?

Quand Marcelle descendit de l'appartement, vers quatre heures, et vint se poster à côté de sa mère, une main sur le registre des commandes, l'autre jouant avec le pli d'une ravissante jupe bleu de France (elle ne servait jamais, au magasin, elle n'était pas vendeuse, dieu soit loué, on pouvait lui épargner ce labeur, à peine quelquefois faisait-elle office de modèle, ses joues veloutées et son teint diaphane démontrant avec éclat toute l'efficacité des produits Guerlain dont on était depuis peu, eh oui, l'unique dépositaire à Dijon), quand elle descendit et se mit à sourire aux dames avec l'air de ne pas même s'apercevoir qu'excepté son père il y avait des hommes sur terre, Marcel fit la même chose que tout le monde, il se passa l'index sur la lèvre en caressant une moustache absente et il demanda qui c'était. « C'est la demoiselle de la maison, monsieur », fit Roger deux tons plus bas, la voix soudain réduite à rien dans le cou de Marcel, lui découvrant à l'avant d'un miroir au charmant horizon une gencive infiniment pessimiste sur ses chances de succès.

Mais Marcel Tissier avait un moral de vainqueur : membre de l'équipe nationale de rugby, il avait déjà, grâce à son exceptionnelle vitesse de jambes, plusieurs essais décisifs à son palmarès, l'adversité le stimulait, et il n'était pas du genre, fût-ce dans la mêlée, à laisser filer le ballon. Il passait souvent par Dijon, à mi-chemin de Cluny où il finissait des études d'ingénieur aux Arts et Métiers et de Paris où il s'entraînait avec le CASG. Dès lors, il s'arrêta régulièrement au salon de coiffure situé à côté de la gare où il n'attendait plus des heures sa correspondance, préférant se faire raser par Roger la barbe qu'il avait laissée pousser exprès les jours précédents.

Il vit presque tout de suite, après un bref examen du terrain, que le plaquage au sol ne rendrait rien, qu'avec ce type d'adversaire il fallait jouer fin. Il arriva donc un samedi avec des places pour le stade de Colombes — si le patron aimait le rugby… Une fois, deux fois, trois fois Pierre Richard alla à Paris assister à des matchs, il s'y rendait d'autant plus volontiers qu'il pouvait y emmener une petite sans que la jalousie le torture à se demander ce que faisait sa fille en son absence, puisque le principal suspect du moment évoluait là sous ses yeux en contrebas de la tribune et qu'ils dînaient ensuite tous ensemble dans des brasseries à la mode tandis que Marcelle était à la maison avec sa mère. Chaque fois il admirait la vélocité de cet ailier capable de s'échapper vers les buts tel Achille aux pieds légers. « C'est un sacré coureur », disait-il à Roger le lundi suivant.

Marcel, au bout d'un temps, se sentit autorisé à jouer plus franc, il invita Madame et sa fille au cinéma. Celle-ci ne retira pas sa main lorsqu'il la prit, au moment où le Pirate Noir voltige de voile en mât comme si la terre n'existait pas. Tout se passait bien, il avait un bon contrôle de balle. Encore quelques passes et on allait pouvoir marquer ! « Mais Figaroooo n'est pas idioooot », chantonnait le coiffeur sur l'air du *Barbier de Séville* — le merlan n'était pas prêt d'être frit ! Donc, un matin que notre champion achetait pour toute l'équipe des litres de lotion contre l'alopécie galopante tout en proposant une promenade le lendemain, Pierre Richard lui ordonna de le suivre dans l'arrière-boutique où, parmi les panneaux publicitaires, les échantillons de parfums et le stock de crèmes de beauté, il lui demanda sans dribbler, entre la touche musquée de Nuit Câline et la note chyprée de Pour Toujours, quelles étaient ses intentions. « On s'est mariés à l'automne », concluait ma grand-mère d'un air encore un peu surpris, cinquante ans après — le temps de confectionner le trousseau d'une épouse d'ingénieur : chemises de nuit soyeuses bordées de dentelle de Calais, négligés ourlés de plume de cygne, nappes et serviettes aux chiffres enlacés, R T, dont quelques-unes me restent parce qu'on les fabriquait dans un tissu aussi solide que les liens du mariage, draps de coton ou de lin brodés que ma fille tend, un peu troués, entre deux meubles, pour faire son bateau de corsaire. Entrée à l'église au bras de son père, Marcelle en ressortit au bras de Marcel — n'était-ce pas merveilleux, ce prénom commun, juste sexué, ce signe du ciel, le sentiment qu'elle en tirait d'avoir été créée pour lui, d'être sa part manquante et retrouvée, depuis toujours dans le nom de baptême ils existaient l'un pour l'autre, à l'aimé son aimée, à chacun sa chacune — la vie est bien faite, c'est ce qu'elle pensait, rose et souriante, descendant les marches du parvis, suivie d'une foule de Gadz'arts et de piliers de rugby au regard admiratif, il avait passé la porte du magasin et l'avait vue, elle, la femme de sa vie, Marcelle attendant son Marcel, « je t'ai donné mon cœur, tu tiens en toi tout mon bonheur », chantait André Baugé dans *Le Pays du sourire*, et elle souriait à ses parents, et elle souriait à ses amis, serrant à son poing, avec le bouquet blanc d'oranger, cette belle alliance de purs diamants que j'ai ôtée la semaine dernière de mon annulaire, et elle souriait au photographe, la vie est belle, vive la mariée, vive le marié, vive l'amour.

Elle n'habita pas longtemps au pays du sourire, Marcelle — c'était juste un voyage de noces. Elle croyait qu'on resterait là toute la vie à se tenir la main sous les grains de riz en attendant de nombreux enfants, elle croyait que son cœur était un violon sur lequel jouerait sans fin l'archet aimé, « bref, disait Marcel ivre mort à la fin des banquets de Gadz'arts, ma femme a toujours cru que la verge était un os ». Mais il avait des projets d'autre nature. Il ne tarda pas à créer sa propre entreprise à Dijon, selon le souhait de ses beaux-parents qui voulaient garder leur fille près d'eux. C'était une fonderie d'aluminium — une vingtaine d'ouvriers, des machines neuves, des techniques modernes, beaucoup de travail. Elle ne le voyait pas souvent, n'allait jamais à l'usine — ce n'est pas la place d'une femme — ni au salon de coiffure sauf pour se faire coiffer, une fois par semaine, être la plus belle. Dans la maison qu'il put bientôt acheter et où il logea toute la famille, elle tenait son ménage, meublait peu à peu les vastes pièces parquetées, donnait des ordres à la bonne, qui était si cruche qu'elle préférait souvent finir les choses elle-même. Puis elle s'occupa des enfants, un garçon, une fille, elle leur chantait des berceuses, maman est en haut, qui fait des gâteaux, papa n'est pas là, mais il reviendra — ma mère a l'air ravie sur ses premières photos, gros poupon rieur, papa n'est pas là, c'est vrai, mais comment lui en vouloir ? c'est un héros, un dieu des stades et un génie de l'industrie, tout le monde le dit. Lorsqu'il quitta l'équipe, il ne lâcha pas le rugby, au contraire, il fut élu président du club, il passait tous ses dimanches sur la pelouse. Ça lui fit tout drôle, à Marcelle, après tant d'années passées sous le regard d'un homme, de se retrouver si seule et libre de ses mouvements, soudain : son père avait passé le témoin et s'était remis à la peinture, son mari lui faisait confiance, il l'appelait « ma douce » et ne manquait jamais de lui demander, quand il sortait, si elle n'avait besoin de rien. Elle le regardait partir, debout près de la fenêtre, avec son chapeau qu'il soulevait sur le passage des dames, son pardessus cintré mettait en valeur sa carrure d'athlète, elle n'avait besoin de rien, non, elle lui faisait un signe de la main quand il se retournait vers elle, mais c'était rare, elle avait l'impression que, sitôt passé la porte, il l'oubliait, elle rentrait dans une sorte de tiroir mental, elle restait à la fenêtre, qu'est-ce qui lui manquait ? rien.

Et puis un soir, elle nota le curieux manège auquel se livrait sa mère, qui demandait avec insistance à Marcel de l'accompagner à la cave alors que la chaudière fonctionnait parfaitement, lui faisait remarquer son gendre avec non moins d'obstination. Finalement, ils descendirent tous les deux, et après s'être assurée que les enfants dormaient, elle les suivit. Sa mère était en train de dire à Marcel qu'elle était au courant depuis trois mois, peu importait comment, mais ce qu'elle exigeait de lui, c'était de rester discret, que personne ne l'apprenne en ville, il y allait de la réputation de nous tous. Marcel n'eut pas le temps de répondre, sa moitié surgit, le visage noble, elle voulait tout savoir, il y en a une autre, c'est ça ? Debout près du tas de charbon, Sophie dit : « Ma pauvre fille ! » comme sa mère à la mine, un jour d'autrefois. Marcel se récria, une autre ? quelle idée ! mais non, il n'y avait qu'elle !

« C'était une grosse blonde décolorée, pas distinguée du tout, avec des robes voyantes et des mamelles de vache, j'en ai pleuré, tu peux me croire, qu'il soit tombé si bas, une fille si vulgaire, alors que moi, tout de même..., racontait ma grand-mère en arrangeant sur le front une mèche de cheveux. Il lui avait acheté un bar-tabac (tu vois le style) — c'était une somme, soi-disant un prêt de confiance parce que son frère avait fait Centrale, tu parles... Elle, en tout cas, elle faisait plutôt le trottoir. Et elle essayait de se faire faire un gosse. Marcel a rompu tout de suite, mais il était temps. Je suis restée pour mes enfants — ta mère n'avait que trois ans —, et même s'il a été plus attentionné, après, j'ai mis des années à lui pardonner. »

On pardonne tant que l'on aime, d'après Le Duc. Ce qui est certain, c'est qu'à chaque fois que nous sommes allés avec elle sur la tombe de Marcel Tissier — notre père et grand-père chéri, notre regretté patron, mon cher mari — invariablement elle s'asseyait à côté du pot de chrysanthèmes, sur la dalle de marbre où n'était pas encore gravé le nom de Philippe et qu'elle tapotait du plat de la main, disant d'une voix posée en égrenant des graviers : « Tu sais, Marcel, c'est mieux comme ça. » Sur le devant de la tombe, une plaque affirmait : Le temps passe, le souvenir reste. C'était bien ça, le problème.

À dater de cette trahison, Marcelle devint « la belle Mme Tissier », connue dans tout Dijon pour ses chapeaux et ses toilettes, ses bijoux, ses fourrures. Elle sortait tous les après-midi faire ses emplettes, assortir un ruban à un corsage, acheter un tailleur, multipliant les essayages, se tournant et se retournant devant le miroir pour vérifier que ça tombait bien, qu'il n'y avait rien à reprendre. Elle avait des dizaines de robes, rangées par couleur et saison sous des housses plastifiées et pendues comme des femmes mortes dans un petit cabinet. Elle possédait des chapeaux de toute sorte, bibis tressés, larges capelines, toques de zibeline, canotiers, qu'elle arborait dans les soirées de Gadz'arts, les cérémonies du Taste-vin, les restaurants chics et les spectacles pour lesquels ils avaient un abonnement. Elle alla une fois visiter l'usine, elle marcha dans les allées vêtue d'un manteau de loutre et d'une chapka en astrakan, se fit expliquer les machines, recula devant le brasier des fours, sourit d'un sourire distant aux ouvriers marocains, les seuls, expliqua Marcel en lui offrant du champagne dans la loge vitrée du contremaître, les seuls à accepter ces postes-là, la chaleur du métal en fusion. De sa garde-robe ancienne ou récente (elle gardait tout, elle n'usait rien, cela restait comme neuf), je n'ai conservé, dans un carton à poignée de cuir, qu'un chapeau. Je ne l'ai presque jamais mis, quoique Julien trouve qu'il me va bien. C'est un modèle parfait pour l'ovale d'un visage aux pommettes saillantes, une audace de modiste à porter de biais sur l'œil, un peu crâne. Quand je le sors délicatement du papier de soie où il est emballé avec des boules de naphtaline et que je le pose sur ma propre tête, quelquefois — cette « tête à chapeaux » dont je suis l'héritière —, quand j'ai entre les mains cette chose rare aux senteurs d'armoire close, cette forme pauvre à la texture luxueuse et caressante, cette coiffure modeste que transfigure la si précieuse fourrure, je pense à elle, ma grand-mère, je pense qu'à un moment elle a tout mélangé, l'amour, l'argent, la simplicité, la vanité, être belle et être aimée ; je pense aussi qu'elle a réussi à tout réunir, un instant, à tout faire tenir ensemble, le passé et le devenir, les souvenirs et l'éternité, dans ce couvre-chef impossible, subtil symbole de l'histoire familiale, parfaite synthèse de ses origines prolétaires et de son ascension bourgeoise, et qu'au jeu du portrait chinois, si ma grand-mère était un objet, sans nul doute ce serait celui-là : cette casquette en vison.

Dans l'aristocratie, au XVIIᵉ siècle, il n'était pas de bon ton qu'un homme aime sa femme. Il la respectait — en général, elle était d'excellente famille, on fuyait les mésalliances — et honorait en elle la mère de ses enfants. C'était une espèce de contrat entre gens de bon goût et d'âges souvent disparates, aucun des deux époux n'aurait eu l'idée d'être jaloux. Il n'y a guère que M. de Clèves qui en soit mort, et c'est dans un roman.

Les maris avaient des maîtresses, les femmes avaient des amants, tout le monde le savait et personne ne s'en offusquait pourvu qu'on restât discret. Dans les salons, l'amour était plus un sujet de conversation que d'angoisse.

Les hommes, d'ailleurs, avaient bien autre chose à faire : La Rochefoucauld voulait enlever la reine, tuer le cardinal de Retz, obtenir le tabouret pour sa femme, il guerroyait, bataillait, ferraillait. L'amour appartenait à la liste des aventures, avec la même ambivalence : à la fois une affaire secrète, clandestine, et une expérience résolument sociale, mondaine, entre gens du même monde.

J'ai sous les yeux un portrait de La Rochefoucauld jeune, peint par Nanteuil. C'est une photographie de la toile, reproduite en couverture du livre, mais comme il y apparaît sans perruque, les cheveux sombres et les yeux tournés vers nous, on dirait une photo de lui, un cliché récent noir et blanc. J'aime son visage. Quelques années plus tard, il fut défiguré à la guerre par un coup de mousquet et garda une grande balafre qui lui fendait la figure par le milieu. On a dit que ses pensées les plus amères sur l'amour, sa brièveté ou son inexistence, lui furent inspirées par cette blessure qui lui avait enlevé toute beauté — « la beauté, qui a tant de part à l'amour », écrit-il. Mais c'est une réflexion d'homme sur les femmes, et j'imagine mal que sa cicatrice ait pu décourager celles-ci de l'aimer, au contraire. Moi qui n'ai été liée qu'une fois dans ma vie à un homme très beau, je veux dire un homme d'une beauté objective, qui fasse l'unanimité, un homme sur qui tout le monde se retournait quand il arrivait quelque part, un amant de roman-photo, je n'ai jamais pu l'aimer, lui dire « je t'aime », ça n'aurait pas été vrai : sa beauté créait une sorte d'écran impossible à franchir, le désir restait sidéré, le sentiment n'avait aucune liberté de mouvement. Il était plasticien, il sculptait des corps arrêtés dans leur élan par quelque chose dont on ne savait rien, les visages étaient comme fascinés, j'aurais pu servir de modèle. Assise dans son jardin, pourtant, j'avais une perception aiguë du monde, certains soirs, en sa compagnie je remarquais des détails, des déplacements infimes d'insectes ou de feuillages, des riens de temps. Mais quand je le regardais, lui, c'était l'inverse : un arrêt sur image, un poids mort, une chape de plomb que rien ne traverse — la beauté comme un tombeau de l'amour.

— Non mais je rêve, je cauchemarde, dis-moi que ce n'est pas vrai, ce n'est pas possible !

Explique-moi, là, je ne comprends pas bien. Ce gros lard avec son bide de buveur de bière et ses cheveux sales qui lui tombent sur les épaules, eh ! il est au courant que c'est fini, mai 68 ! Non mais tu n'as vraiment plus aucune dignité, ma parole, tu es complètement tapée, une pauvre dingue ! C'est bien la peine que je me crève le cul à rester beau mec pour te plaire, oui, pour te plaire, pauvre idiote, quand je vois ça, ce tas ! Alors c'est ça le grand amour de madame ? Le grand tas, le grand tas, le grand tas mou !

Julien avait intercepté sur mon répondeur un message de Jacques m'indiquant qu'il passerait sur la Trois à une heure du matin pour présenter un de ses courts métrages — si j'avais ce message assez tôt et le temps de regarder… Je n'avais pas eu ce message, mais Julien avait eu le temps de regarder.

Il y a dans la jalousie plus d'amour-propre que d'amour.

LA ROCHEFOUCAULD,
maxime 324

— Idiote, oui, sûrement. C'est idiot, le désir, c'est un idiotisme, un lexique particulier dont la transmission est souterraine et le sens injustifiable. Alors, l'expliquer, non : justement, comme dirait Alice, « je t'explique pas ».

Nous étions déjà grandes, ma sœur Claude et moi, quand notre grand-mère nous a raconté l'épisode de la cave et de la grosse blonde, elle ne paraissait plus souffrir de cette blessure moins d'amour que d'orgueil, c'était devenu une sorte d'histoire à la veillée, un conte du temps jadis dont on oublie en riant que le conteur a été le héros. Les retouches que j'ai dû tout de même faire alors au portrait idyllique de mes grands-parents enlacés n'ont pas retiré d'un seul coup le voile de bonheur dont je l'avais paré. D'eux ensemble, n'étaient les visites au cimetière, je n'ai que des souvenirs paisibles et tendres, comme figés dans un cadre. À peine s'en éloigne un peu ce matin où, restée à la maison pour cause de rougeole, j'ai assisté bouche bée, en pyjama au bout du couloir, à la livraison de deux lits jumeaux tandis que disparaissait à dos d'homme, dans l'escalier, le grand lit où, certains dimanches, nous jouions tous à la bataille, et que ma grand-mère s'affairait aussitôt, me demandant mon aide pour border draps et couvertures aux nouvelles proportions, sortant d'un tiroir des couvre-lits neufs, chantonnant en les ajustant aux étroits matelas, *l'heure exquise qui nous grise lentement*, comme s'il était normal, naturel, inévitable, *la caresse, la promesse du moment*, et même agréable que les sentiments et les rêves anciens de fusion, mobiles à l'égal des meubles, deviennent autres, *l'ineffable étreinte de nos désirs fous*, qu'on en change et qu'on les remplace, comme si le désir amoureux était voué de toute éternité à cette mue par laquelle Marcelle recréait en l'espace d'une ruelle la distance qui l'avait toujours séparée de Marcel, quoi qu'on fasse, *tout dit : « Gardez-moi »*, à cette mutation lente et irréversible qui transforme l'amour en compagnonnage, quand ce n'est pas en voisinage, *puisque je suis à vous*, et à l'issue de laquelle, si tout va bien, les époux se métamorphosent, comme leurs lits, en jumeaux restés proches.

Pourtant, si je me plante au milieu du décor comme une fillette au centre de sa chambre et que je pivote lentement sur 360° en quête de l'objet perdu (l'amour), ou encore si je grimpe à l'arbre généalogique et passe de branche en branche à la recherche du fruit défendu, parmi des grappes de cousins et cousines, de tantes et d'oncles, d'ancêtres oubliés, dans un bric-à-brac de décès, de disputes, de divorces, soudain je les aperçois, eux, Marcel et Marcelle, tels la danseuse et le ramoneur dans mon album illustré, main dans la main sur le pas de la porte où ils nous accueillirent, ma sœur et moi, au retour de la plage de Cannes en face de laquelle ils avaient loué un appartement pour juillet, et nous expliquèrent que les vacances s'arrêtaient là, notre grand-mère s'étant découvert au sein gauche cette petite boule indurée dont meurent les femmes, dans la famille. Je les revois bien tous les deux, graves et sereins pourtant, lui coiffé comme Steve McQueen dans *Au nom de la loi*, vêtu d'un polo de sport bleu dont, l'ayant retrouvé au fond d'un placard, un été en Auvergne, des années après sa mort, et enfilé, j'ai constaté avec stupeur qu'il n'était pas trop grand pour moi, je ne nageais pas dedans, pas du tout, il m'allait tout juste — le dieu des stades et Joss Randall n'étaient pas si baraqués que ça. Ma grand-mère se tenait à côté de lui, presque souriante dans sa robe à fleurs, heureuse des attentions dont il l'entourait soudain, sa petite Marcelle, sa chérie, sa doucette, contente que la maladie lui rapatrie l'amour, pas fâchée, non, au cœur même de l'angoisse, de voir le PDG des Fonderies Tissier, le vainqueur des All Blacks et le chouchou de ces dames lui boutonner un à un tous les boutons de son gilet afin qu'elle n'attrape pas froid par là-dessus, elle avait trouvé le filon, la solution, le bon truc : être malade, être bien malade — dès lors elle n'a plus jamais cessé, « toujours crè-crève, jamais mourir », c'est devenu son surnom, dans la famille. Et quand mon grand-père a pris au collet le chirurgien dijonnais qui s'expliquait auprès de lui d'avoir dû, contre toute attente, procéder à l'ablation du sein gauche de sa femme, lorsqu'il l'a soulevé de terre en criant : « Salaud ! espèce de salaud ! Vous n'aviez pas le droit ! » en lui collant des claques comme à un amant rival, elle est restée là, blanche et vague sur ses oreillers, contemplant son justicier, son mari, son maître — elle avait cinquante-sept ans, elle ne serait plus jamais la plus belle, mais quelque chose lui revenait d'autrefois, une flamme à l'endroit du cœur où brûlait la cicatrice, elle souriait presque, mamie, tandis que des infirmières arrivaient à la rescousse pour calmer l'assaillant qui s'effondrait, dents serrées, à son chevet, elle lui donnait une main tremblante comme au cinéma, autrefois, il l'étreignait à la broyer ; pensait-il à ses seins plutôt petits mais joliment piriformes dont il disait, au début de leur mariage, qu'il lui faudrait beaucoup les masser pour escompter un léger développement ? ces seins dont ne restait plus qu'un, privé de son jumeau comme en signe d'insupportable déséquilibre, elle ne bougeait pas, elle souriait, le regardait qui, les yeux fermés, semblait dérouler un cauchemar, elle soupirait en l'appelant doucement par son prénom, Marcel, Marcel ?, il pleurait, elle se taisait — est-ce que c'est ça, l'amour ?

— Écoute, j'ai un projet, mais il faut que tu m'aides.

Je venais de rentrer et j'avais trouvé Julien assis à la cuisine, les deux coudes sur la table, l'air d'avoir dézingué vingt personnes en tirant à vue, qu'est-ce que tu as ? avais-je demandé.

— Voilà : je vais me foutre en l'air. Mais plutôt que de me suicider bêtement et que tu ne puisses pas toucher l'assurance, on va procéder autrement. Je vais faire semblant de nettoyer les vitres ou d'arracher la racine de figuier de la façade, je vais donc grimper sur une échelle, et tu vas me pousser.

Il m'a regardée comme si je l'avais déjà fait.

— Julien, arrête ton cirque, s'il te plaît.

— Quoi, mon cirque, quoi ? Je vais me foutre en l'air, je te dis. J'en ai plus rien à secouer de la vie, tu me traites comme une merde, je préfère crever.

— Et Alice ?

— Tu lui diras que c'est un accident.

— Non, je veux dire : et Alice, elle n'aura plus de père ?

Il s'est levé, on aurait dit une allégorie de la Haine dans un tableau antique.

— Et c'est maintenant que tu y penses ! Tu ne pouvais pas y penser avant d'ouvrir les cuisses, non ? Tu as tout bousillé, t'es qu'une pute et maintenant tu viens nous jouer les mères modèles…

— Tu devrais être content, t'as la maman et la putain en une seule femme, comme ça, ton film préféré.

114

— Alors tu ne veux pas ? Tu n'as même pas ce courage, t'es vraiment la dernière des salopes !

— Je ne vois pas pourquoi ce serait du courage, puisque je ne veux pas. Je n'ai aucune envie que tu meures, moi, Julien.

— Tu parles ! Et le fric, hein, ça t'intéresse pas, peut-être : la maison payée, l'assurance-vie, tu ne penses qu'à ça, de toute façon tu es comme ton père, y a que le fric, le fric, le fric !

— Tu peux donner des exemples ? Des exemples aussi probants que les Jaguar que tu as achetées depuis vingt ans ?

— Je fais ce que je veux avec mon fric. Et le courage, je vais te dire ce que ce serait, pauvre conne : ce serait d'assumer ta responsabilité. Je veux que tu me pousses pour que tu te souviennes que c'est ta faute, tout ça. Mais tu es tellement lâche, tellement ! Tu me dégoûtes.

— Julien, arrête, tu dis n'importe quoi.

— Mais tu me le paieras, tu verras. Quand je serai mort, tu ne pourras plus rien faire, tu n'écriras plus, t'es rien sans moi, de toute façon tu m'as toujours tout pompé, mon histoire, ma vie, t'as pompé dans mes carnets, dans les romans que j'ai écrits autrefois, tu m'as bouffé parce que t'as rien dans le bide, t'es creuse, t'es rien qu'une minable. Mais tu verras, tu verras…

— Mais on écrit depuis sa vie, et tu es dans ma vie. Si j'en avais épousé un autre, ç'aurait été une autre histoire — mais une histoire tout de même. Et tu peux me montrer ce que je t'ai pompé, dans tes carnets ?

— Mais qu'est-ce que tu crois ? Moi aussi je sais écrire, et bien mieux que toi ! Seulement je t'ai laissé la place, je me suis sacrifié pour laisser madame pondre ses petites crottes, et ça, t'es même pas capable de le voir, tellement t'es bête — bête et méchante.

— Je te rappelle que pendant que j'écrivais mes livres, toutes ces années, tu as joué au tennis et acheté des voitures de course. Rien ne t'empêchait d'écrire, en tout cas pas moi.

— Mais tu ne l'aurais pas supporté ! Tu es tellement imbue de toi-même, tu te prends pour Nathalie Sarraute, mais je peux te dire une chose, on est loin du compte !

— Julien, tu aimais bien ce que j'écrivais, avant. Est-ce que tu te souviens ?

— Je me souviens que je t'aimais comme un fou et que tu bazardes tout pour un gros con qui n'en a rien à foutre de toi.

— D'abord, je ne bazarde rien : je suis encore là, on dirait.

— Ouais, c'est bizarre, d'ailleurs. Déjà fini, le grand frisson ? Le gros ne donne plus signe de vie — il a agité la main à hauteur de sa ceinture —, plus signe de vit ?

— Et pourquoi est-ce qu'il n'en aurait rien à foutre de moi ? Tu crois que personne ne peut m'aimer ?

116

— T'aimer ? T'aimer ? Mais moi je t'aime — enfin je t'aimais. Et tu vas chercher cette tête de nœud, ce néo-baba cool bibendumisé — on dirait Demis Roussos... Me faire ça à moi !

— Tu vois, Julien, tout est là : je ne te fais pas ça *à toi*. Je le fais, c'est tout. Tu n'es pas concerné.

— Je ne suis pas concerné ? C'est la meilleure, celle-là ! Je ne suis pas concerné, alors que tu m'as fait croire pendant plus de quinze ans que tu m'aimais, que tu m'as roulé dans la farine, que tu m'as caché quelle traînée tu es ! Tiens, je me souviens, les premiers jours, quand on remontait chez toi, tu chantais dans l'ascenseur en secouant la tête, des chansons idiotes, mais qu'est-ce que tu étais mignonne !

— Je ne t'ai pas fait croire que je t'aimais, Julien : je t'aimais. Excuse-moi de ne plus être la jeune fille d'autrefois — on change, qu'est-ce que tu veux que je te dise ?

Il se mordait les lèvres pour ne pas pleurer, j'ai détourné les yeux — la nostalgie est affreuse à voir, la mort qu'il y a dedans.

— On change, c'est ça, on change et on devient une pute qui se fait sauter par le premier venu. Tu parles ! Tu as toujours été comme ça, c'est tout, tu m'as truandé, tu m'as enculé jusqu'au trognon. Dire que je t'ai crue ! C'est monstrueux.

— Julien, je t'en supplie, arrête : tu fais comme si j'avais tout prémédité, c'est idiot. Je suis comme les autres, c'est tout, peut-être que j'ai changé, mais toi aussi. Et puis on n'était pas mariés depuis trois semaines que tu me trompais déjà, alors arrête avec les trémolos. Je vis, c'est tout, on est vivants.

— Non, moi je ne suis pas vivant, tu m'as eu, tu peux être contente, t'as fini par avoir ma peau : mort, je suis, tu comprends ça : à cause de toi, M-O-R-T.

— Tu causes beaucoup, pour un mort.

Il s'est levé, a pris un maillet de croquet qu'Alice avait laissé là :

— Tire-toi de là, ou bien je t'éclate la gueule.

Il y a de bons mariages, mais il n'y en a point de délicieux.

LA ROCHEFOUCAULD,
maxime 113

Ma mère a eu une enfance heureuse, c'est elle qui le dit. Elle a toujours pensé qu'elle était aimée, qu'elle était donc aimable — et aujourd'hui, à près de soixante-dix ans, veuve et seule dans sa maison isolée, elle le pense encore : qu'on peut toujours l'aimer, qu'on peut l'aimer toujours. Elle est belle et souriante. Les hommes — parfois beaucoup plus jeunes qu'elle — lui font des compliments sur ses yeux, ses robes, son charme. Parfois elle doute, c'est l'hiver, elle hésite à sortir, il neige, elle dit que c'est fini pour elle, à son âge… Mais elle n'y croit pas vraiment en le disant, on le voit bien, on comprend que pour elle l'amour reste une possibilité, une éventualité, une hypothèse à retenir, on sent bien qu'à ses yeux l'amour n'est jamais fini, qu'il n'a pas de fin.

Elle aimait surtout son père, autrefois. Elle était certaine qu'il ne lui voulait que du bien, et c'était sa définition de l'amour : vouloir le bien de quelqu'un. Son père l'aimait, donc, c'était pour elle qu'il restait tard à l'usine et rentrait fatigué alors qu'elle dormait déjà — pour gagner de l'argent et lui assurer ainsi une bonne vie. Le jour où elle lui avait demandé pourquoi il travaillait tant, n'avait-il pas répondu : « C'est pour tes beaux yeux. » Que c'était bon, dans l'enfance, d'être adorée de la sorte, comme une reine à qui on sacrifie tout sans rien attendre en retour, sans rien demander en échange, gracieusement. Être aimée gracieusement, voilà ce qu'on ne retrouverait pas, plus tard. Car il souriait, aussi, il lui souriait toujours, à elle, jamais une dispute — avec sa mère, sa grand-mère ou son frère, quelquefois de grosses colères, mais avec elle jamais, avec elle toujours bienveillant, tendre et généreux. « Il a du bien, ton père », lui disaient aigrement les voisins, pendant la guerre, « oui, répondait-elle ravie, heureuse du compliment, beaucoup beaucoup de bien ».

C'est pourquoi elle ne broncha lorsqu'il lui fit rompre ses fiançailles avec le cousin Georges, des années plus tard, malgré le chagrin : à cause de tout ce bien qu'il avait pour elle, qu'il lui voulait, qu'il lui donnait. Le cousin Georges était joli garçon et ses parents estimables, personne ne disait le contraire, Simone et lui avaient passé de nombreuses vacances ensemble dans la maison d'Auvergne, à courir après les poules et les papillons, des liens s'étaient créés, c'était indéniable, le cousinage ne présentait pas un obstacle au mariage car le degré de parenté était lointain, il n'y avait pas de risques pour la descendance, soit, le médecin de famille l'avait affirmé et on n'allait pas revenir là-dessus, les deux jeunes gens s'étaient depuis longtemps juré amour et foi, Georges avait même offert à Simone une petite bague en plaqué or avec son premier salaire, on savait tout ça. Mais on savait aussi — seule Simone l'ignorait car elle n'avait que seize ans et les yeux bordés de roses —, on savait bien que Georges n'avait guère brillé dans ses études, c'était le moins qu'on puisse dire, ses parents eux-mêmes, tous deux instituteurs, ne s'expliquaient pas comment leur affection ni leur enseignement n'avaient pu permettre à leur Jojo de décrocher son bachot, toujours est-il qu'à vingt ans

celui-ci venait d'être embauché comme représentant par une fabrique d'ustensiles culinaires,
il serait sûrement parfait pour cet emploi, on
n'en doutait pas, il était honnête et présentait
bien, et il y avait de l'avenir dans le commerce
pour des garçons sérieux comme lui, ses parents
n'avaient nullement démérité, mais.

On les laissa seuls un quart d'heure, on leur
faisait entière confiance. Simone tendit à Georges la bague en plaqué, il ne voulut pas la prendre, elle la posa sur la table entre eux, « tu sais,
Georges, dit-elle parce qu'il pleurait, j'ai parlé
avec papa, il ne faut pas lui en vouloir, c'est
pour mon bien, tu sais, Georges ».

C'est à ce moment-là que ma mère s'est vraiment jetée dans l'exercice physique, vers seize
ans. Elle avait toujours été douée, dès l'enfance
elle aimait courir, sauter, nager, se donner. À
l'école ménagère où elle apprenait comment
placer dans des colonnes les ressources et les
dépenses pour que s'équilibre harmonieu-
sement le budget, et donc la vie, elle attendait
avec impatience les deux heures de sport qui
lui rendraient la liberté. Ses colonnes à elle,
c'était celles qu'on traçait à la craie dans la cour
afin de figurer les couloirs au bout desquels
elle arrivait invariablement la première, pulvéri-
sant à la fois la mesure et le temps, lâchant tout,
équilibre rompu, souffle coupé, jambes tremblantes, donnant tout mais à qui ? donnant quoi

qu'elle aurait gardé secret jusqu'alors ? quelle énergie au milieu du ventre, quel élan vers ce qui n'était après tout qu'un mur, le mur gris du préau sur lequel elle venait s'effondrer mains en avant, quelle envie de voler ?

Un professeur l'ayant remarquée, à seize ans elle a commencé à s'entraîner sérieusement, elle se rendait au stade trois fois par semaine ; elle n'aimait pas trop les exercices d'endurance, sa distance c'était le cent mètres, le sprint, là où il n'y a rien à calculer, on n'y va pas à l'économie, c'est tout tout de suite. « Elle a de qui tenir ! » s'exclamait l'entraîneur à l'adresse de son père venu l'observer sur la pelouse, elle court presque aussi bien que vous en 29 à Colombes, j'y étais, vous savez, quel grand moment ! Et voilà votre fille qui marche sur vos traces, vous devez être fier ! »

Il l'était. Elle courait bien, ça crevait les yeux, elle aurait pu en remontrer à certains tire-au-flanc qu'il fallait sans arrêt cravacher, au club de rugby dont il était président. Elle avait de longues jambes nerveuses, de la détermination, un moral d'acier — quand il venait la voir s'entraîner, elle mettait les foulées doubles et, exsangue à l'arrivée, le cherchait aussitôt des yeux, avant le coach, avant le chrono, alors papa ? il levait le pouce, elle souriait fièrement — elle tenait de lui, c'était vrai, et aussi, elle tenait à lui. Sans aucun doute elle avait l'étoffe d'une championne, elle pouvait gagner, elle avait le potentiel pour battre des records, mais.

Elle envoya une lettre à l'entraîneur pour dire que, bien que qualifiée pour les championnats de France, elle n'irait pas, elle ne serait pas à la gare le lundi suivant, Paris c'était trop loin, trop dangereux, d'ailleurs une carrière dans le sport, avec les déplacements, les aléas, la promiscuité, ne pouvait pas convenir à une jeune fille comme elle, non, vraiment, elle en avait longuement discuté avec son père, il ne pouvait rien en sortir de bien.

Ensuite elle l'accompagna beaucoup au rugby, le dimanche. Elle regardait les matchs du début à la fin, les joueurs plus que le jeu, les corps. Ils sympathisaient avec cette fille saine et sportive, aux joues rebondies, qui leur mettait parfois cinq mètres dans la vue, pour rire, et qui semblait savoir, ou en tout cas deviner, ce que veulent les hommes. Quand Marcel la surprit au vestiaire en train de tartiner de pommade antalgique la cuisse tuméfiée d'un demi de mêlée, riant aux éclats d'une plaisanterie sûrement très fine qu'il avait faite, il comprit qu'il était grand temps de la marier, mais.

On allait lui trouver quelqu'un de bien.

Ma mère, dès qu'elle parle de lui et de son amour, finit invariablement par dire : « Mon père a toujours tout fait pour moi. » C'est vrai : courir vite, battre des records, susciter l'admiration, choisir qui aimer, avec qui vivre, elle n'a pas eu besoin de le faire, il l'a fait pour elle, il a toujours tout fait pour elle.

La première rencontre de mes parents a été arrangée, sinon ils ne se seraient jamais connus — il habitait Mâcon, elle ne quittait jamais Dijon. Mes grands-parents avaient de proches amis dont le carnet d'adresses était une mine pour les familles en quête du gendre idéal. Je me souviens de leur nom — M. et Mme Patouille —, d'abord parce que ça ne s'oublie pas, ensuite parce que mon père disait parfois, jetant sans y penser (ou bien si ?) une ombre frauduleuse sur l'origine du couple qu'il formait avec ma mère, il disait, à propos de quelque conseil ou projet échafaudé par ledit Patouille : « Encore une magouille de Patouille. » Me revient brusquement qu'il l'appelait aussi Pas-de-couilles, sans qu'on sût s'il faisait ainsi allusion à une certaine lâcheté globale ou à quelque insuffisance plus spécifique, puisque les Patouille, pour en finir avec eux et expliquer peut-être leur empressement à s'entremettre comme le mystère nimbé de tristesse qui entourait à mes yeux chacune de leurs visites, les Patouille n'avaient pas eu d'enfants.

« Attendez que je regarde un peu », disait donc M. Patouille, un soir de mai 1954, dans leur jardin, tandis que Madame proposait à

Marcelle un Americano et que Marcel revenait de l'appentis où, sous le prétexte de jeter un coup d'œil à leur tondeuse en panne, il s'était fumé deux ou trois Gauloises d'affilée. « À Mâcon, j'ai quelqu'un qui pourrait vous intéresser : pas de fortune, mais de l'avenir… Ah ! il y aurait bien aussi le fils Bréguet qui ne serait pas mal — un Polytechnicien —, mais je crois qu'il fait son service en Polynésie ou par là, je ne sais pas quand il rentre, et si vous êtes pressés… » On ne l'était pas, pas vraiment, ce n'était pas une urgence, il n'y avait pas de polichinelle dans le tiroir, n'est-ce pas ? non non, eh bien c'est le principal, mais enfin Tahiti c'est loin, tandis que Dijon-Mâcon, avec la DS vous n'en avez pour guère plus d'une heure.

Il leur fallut une heure, en effet, un dimanche de juin, à cinq dans la DS, Marcel au volant, Marcelle à la place du mort et Simone à l'arrière entre les Patouille. Albert Patouille avait eu juste le temps de retracer pour Sissi l'historique complet — bien sûr, officiellement on n'allait pas quérir un mari, mais il n'était pas inutile de susciter quelques rêveries préalables et M. Patouille savait s'y prendre : dès Chalon, la demoiselle avait les yeux doux. Elle songeait à ce jeune homme pauvre dont le père fabriquait des clefs et des serrures, abandonné par sa mère à l'âge de six ans, élevé par des tantes dans la stricte religion protestante et titulaire depuis quelques jours d'un doctorat de chirurgie dentaire, ce jeune homme réservé dont toutes les filles tombaient amoureuses — en vain, jusqu'ici —, ce jeune homme beau comme Tyrone Power, avait ajouté Henriette Patouille, qui aimait beaucoup le cinéma.

Des lecteurs pourraient me faire remarquer qu'on ne buvait pas d'Americano en 1954, ou, ainsi que l'a fait Julien à qui je viens de lire cette page pour faire comme avant (et peut-être aussi pour lui montrer qu'il n'est pas question de lui), que la fabrication de la DS date de 1957. « Mets-la plutôt dans une Hotchkiss, ta petite famille », me conseille-t-il, lui qui peut dater n'importe quel film grâce aux voitures qui roulent à l'arrière-plan — ah ! non, excuse-moi, mais *Ascenseur pour l'échafaud* ne PEUT pas être de 1953, pour la bonne raison que la Mercedes 300 SL portes papillon dans laquelle roulent les Allemands qui se font tuer à la fin n'a été lancée qu'en 1954, l'année de ma naissance, alors tu vois... — oui, une Hotchkiss, ce sera bien mieux, surtout que le slogan publicitaire, c'était : « Hotchkiss, la voiture du juste milieu » : tout de suite ça te campe l'époque, la classe sociale, l'état d'esprit. Non ?

Si.

Donc, il leur fallut une heure, à cinq dans la Hotchkiss, un jour de juin, quelques semaines avant que Julien ne naisse dans une clinique du Havre, pour arriver jusqu'à Mâcon, patrie de Lamartine, indiquait une pancarte à l'entrée, ô temps, suspends ton vol, a dit Patouille. L'automobile s'arrêta devant une maison récente d'aspect ordinaire, tout le monde descendit, puis ma-mère-qui-n'était-pas-encore-ma-mère s'avança la première vers la porte en défroissant les plis de sa robe, impatiente de rencontrer enfin mon-père-qui-n'était-pas-encore-mon-père.

Gilles Laurens, on le vérifie sur les photographies, avait en effet un faux air de Tyrone Power, avec un soupçon de ténèbres à la Rudolph Valentino, et peut-être aussi un petit quelque chose de Sean Connery dans *Dr No*, 1962. Il avait vingt-six ans, les cheveux noirs, les yeux bruns, il était de taille moyenne, mince et élégant, ses épaules manquaient de carrure car il ne pratiquait aucun sport, à vrai dire il n'était pas très baraqué, mais Tyrone Power non plus.

On était venus seulement passer l'après-midi, on est restés dîner, les deux familles ont sympathisé, les femmes ont échangé des vues concordantes sur l'avenir des jeunes gens, les hommes des impressions nuancées sur le pouilly-fuissé ; Gilles a montré à Simone les quais de la Saône, ils parlaient peu, on n'entendait au loin, sur l'onde et sous les cieux, que le bruit des rameurs.

Ils se sont revus quinze jours plus tard, après un échange de lettres : il lui écrit qu'il pense à elle, elle lui répond qu'elle aussi. En juillet ils se fiancent, en septembre ils se marient, neuf mois après jour pour jour, ma sœur naît.

« Jour du oui », est-il noté en légende de leur photo de mariage, d'une écriture ronde — celle de ma mère qui, les premiers temps, enceinte puis jeune accouchée, trompait l'ennui en remplissant des albums-photos, bouts d'histoires mortes, images clouées, instantanés d'une sorte de sprint à venir éternellement figé sur l'instant du départ. Mais, j'ai beau faire, je lis mal sous la pose, et même dans les yeux. C'est pourtant le seul document dont je dispose pour savoir si mes parents s'aimaient, car dans mon souvenir, non. La version officielle, telle que l'échec du couple l'a reconstituée, prête à mon père tous les torts ; ses qualités intellectuelles et morales auraient été, en un sens, submergées par la paresse et l'appât du gain. Ma grand-mère et mon arrière-grand-mère ne cessaient de rappeler comment le gendre était devenu riche, elles s'en donnaient à cœur joie, on n'était plus dans Paul Géraldy. Adolescente, j'ai cherché, sans la résoudre, à percer l'énigme en regardant ce cliché de bonheur, le jour du oui : qu'est-ce qu'on paie, qu'est-ce qu'on achète, là, à ce moment-là, dans ce lien, qu'est-ce qui se monnaie, qui n'est pas gratuit, qu'est-ce qu'on arrache, qu'est-ce qu'on vole, qui n'est pas à nous, qu'est-ce qu'on usurpe, qu'est-ce qu'on exige, qu'est-ce qu'on demande, qu'est-ce qu'on veut ? Est-ce que c'est une imposture, un jeu de dupes, de la fausse monnaie, du toc, des espèces sonnantes et trébuchantes, de l'or en barre, de l'usure, mon trésor, ma perle rare ? Est-ce que tout s'évalue, est-ce que tout s'estime, à quel prix, selon quelle échelle, l'âge, le nom, la constitution physique, la force de travail, la place dans le monde, la qualité de la descendance, quelle valeur ça a, à quelle aune, sous quelle toise, qu'est-ce que ça vaut, qu'est-ce que je vaux, est-ce que tout se paie — ou bien est-ce que ça n'a pas de prix ?

De mon père, je sais qu'au moment de son mariage il ne connaissait les femmes qu'à travers trois d'entre elles : sa sœur, qu'une tuberculose avait rendue triste et stérile, sa mère, qui était partie sans retour quand il avait six ans, et une étudiante en pharmacie qui, l'ayant plaqué la veille des examens de première année, l'avait contraint à redoubler et à ne plus regarder personne. Quant aux tantes qui l'avaient élevé, c'étaient des saintes, dont il avait bien compris que la catégorie échappait à la typologie générale des femmes. Ces premières expériences pourraient suffire, au fond, à justifier le cynisme chez un homme malheureux. Pourtant, à regarder encore et encore ces clichés cérémonieux, ma mère assise sur l'herbe, sa robe blanche étalée en corolle autour d'elle, mon père l'enlaçant d'un bras aux épaules, je crois voir ou je veux voir au fond de leurs yeux autre chose que la satisfaction du contrat passé avec le monde extérieur, autre chose que le plaisir du mariage qu'on consommera la nuit venue comme on aura consommé la pièce montée, autre chose encore que la joie d'être jeunes et beaux pour les enfants futurs dans le confort promis, autre chose, mais quoi ? — pour elle, la confiance en l'amour qu'elle avait le pouvoir d'inspirer, pour lui l'espoir mis en cette toute jeune fille, le rêve de trouver en elle une sœur sans la mélancolie, une mère sans l'abandon, une amante sans la trahison, pour eux deux, en leurs yeux, quelque chose enfin dont la passivité signe peut-être l'échec à venir : non pas l'envie de donner (son temps, sa parole, la vie) mais l'espoir de recevoir ; non pas le bonheur d'aimer, mais l'exigence jumelle, ardente et vierge, l'espérance infinie d'être aimé.

— Et puis tu sais, la vie est courte, pense un peu à l'avenir. Excuse-moi de te dire ça, mais tu n'as plus vingt ans. Tu as quoi, quarante-deux ans... Bientôt tu vas taper quarante-cinq ans, puis cinquante, la ménopause, les ennuis de santé. C'est dur, pour les femmes, tu sais, elles passent de l'autre côté, elles ne sont plus cotées en bourse, si je puis me permettre ce mauvais jeu de mots, en un sens, les femmes vieilles c'est un troisième sexe, une sorte de genre neutre, les mecs n'en ont plus rien à foutre. Tu me diras que c'est sûrement pour ça que tu fais toutes ces conneries en ce moment, tu brûles tes dernières cartouches. Mais ça n'est pas très malin, tactiquement parlant. Parce que tu gâ-ches tout l'avenir, alors qu'on aurait pu vieillir ensemble, tu vois, moi j'étais prêt à ça, par amour pour toi : que tu n'aies plus ton petit cul ferme, que tes seins tombent, que tu aies des rides, que ça te fasse souffrir, j'aurais pu le comprendre, je le comprends parfaitement, ça ne compte pas, pour moi, je t'aurais aidée, je t'aurais soutenue, je ne veux que ton bien, moi, parce que je t'aime, tout simplement : je t'aime.

(Il faut se méfier des gens qui ne veulent que votre bien : ce sont des voleurs.)

— Je vois, ai-je dit.

Si l'on juge de l'amour par la plupart de ses effets, il ressemble plus à la haine qu'à l'amitié.

LA ROCHEFOUCAULD,
maxime 72

Les dernières années de sa vie, le duc de La Rochefoucauld était très lié à Mme de La Fayette. Toutes les biographies soulignent la profondeur de cette amitié. Ils n'étaient donc pas amants,

131

on peut le penser. Est-ce à cause de l'âge, sim-plement, qui enlèverait du désir au corps en ajoutant de la sagesse à l'esprit ? Est-ce parce que l'auteur de *La Princesse de Clèves,* comme son héroïne, mettait le renoncement au rang des vertus premières ? Ou bien, suivant à la let-tre la carte de Clélie, décidèrent-ils ensemble, parvenus aux abords de la Mer Dangereuse, de s'arrêter là, sans regarder plus avant l'horizon, de rester sur leurs terres familières, dans les vil-lages de Tendresse, Respect et Confiante Ami-tié ? Car au-delà du bras de mer semé d'écueils ciselés par les courants s'étend ce territoire auquel personne n'a su donner de nom et qu'on a donc nommé du nom de l'Inconnu : « C'est ce que nous appelons Terres Inconnues, parce qu'en effet nous ne savons point ce qu'il y a, et que nous ne croyons pas que personne ait été plus loin qu'Hercule. » Où est-il donc allé, lui, où plus loin que les autres ? Aux Enfers — Her-cule est descendu jusqu'au Royaume de la Mort chercher Thésée, puis ils sont revenus tous les deux sans s'égarer. Seraient-elles au-delà de cette frontière de l'Hadès, les Terres Inconnues ? Seraient-elles au-delà de la vie et de la mort, au-delà des cartes et des boussoles ? Seraient-elles impossibles à atteindre, à parcourir, à trouver, même ? Ou, les ayant trouvées, ou, s'y trouvant enfin, ne peut-on faire que s'y perdre ?

— Tu pourrais tout de même essayer, m'a dit Julien calmement en s'asseyant en face de moi, on pourrait encore essayer : pour Alice, et au nom du passé ; il suffirait que tu le veuilles, que tu fasses un effort.

— Un effort ?

— Oui : que tu sois plus gentille avec moi, que tu arrêtes avec l'autre — je passerais l'éponge, tu sais, pour te garder je suis capable d'avaler de sacrées couleuvres.

— Tu crois ?

— Mais évidemment il faut être honnête : il ne s'agit pas de me dire oui, et, dès que j'ai le dos tourné, de te retrouver dans son lit.

Je n'ai pas répondu. Je passais la main sur mes joues encore toutes gercées par les récents embrassements, la peau en avait été complètement excoriée par le contact de la barbe, j'avais dit que c'était le froid. Le surlendemain, c'était jeudi, le jour de mon émission de radio hebdomadaire, et le jour de Jacques. J'ai pensé à la manière dont il allait m'attraper par les hanches dès le seuil, j'ai essayé de me représenter une semaine sans ce rendez-vous, un mois, un an, j'ai pensé que je ne pourrais pas, que c'était impossible — *que le jour recommence et que le jour finisse* —, pas maintenant, pas déjà, je ne voulais pas le perdre, et surtout, ai-je pensé, je ne voulais pas me perdre, mais ça allait ensemble, quelque chose en lui préservait quelque chose en moi, quelque chose à quoi je ne pouvais pas renoncer, ç'aurait été comme me demander d'arrêter de lire ou d'écrire, un sacrifice insensé. J'ai regardé par la fenêtre, l'air de réfléchir, mais c'était tout vu. J'ai pensé qu'on pouvait le dire comme ça, en effet : dans son lit, je me retrouve.

Pour parler des relations intimes, mon arrière-grand-mère disait : fréquenter — souvent sans complément : « Il fréquente. » Elle employait aussi le verbe « frayer » — elle aurait dit : « Tu frayes avec Jacques Blin », et par-delà sa désap-probation, tout se serait déployé à ce seul mot : le frottement jusqu'à l'excoriation, la friction contre un corps étranger au point de s'arracher la peau comme font les cerfs contre les arbres ; et puis la fécondation, celle qui vous pousse à remonter les rivières et le cours des choses et le courant de l'existence ; et puis encore la dé-pense, les frais où l'on veut bien se mettre, sou-dain, le prix qu'on paie, tout donner, et puis s'en aller. *Oui, tu frayais avec Jacques, il ne fallait pas en douter, tu te frayais un chemin, vers où, vers quoi, c'était vague, était-il l'outil ou la destination, était-il la forêt, la hache, la route ou l'horizon, ami, ennemi, obstacle ou clairière, c'était variable — le noir du bois ou la coupe claire, la fin ou le moyen, tu ne savais pas au juste et cela te faisait peur, parfois, il y avait de la frayeur aussi, de l'effroi, mais tu frayais ta voie, tu en étais sûre, frayée comme un chemin qu'on ouvre, tu ouvrais une route en toi comme on abat des arbres.*

Le mercredi de la semaine suivante, Paul m'a téléphoné : ce qui se négociait depuis des semaines était confirmé, c'était signé noir sur blanc, on n'attendait plus que mon paraphe, Stephen Frears achetait les droits de *Carnet de bal,* Nicole Kidman avait presque déjà accepté le rôle. — Tu es contente, m'a dit Julien. — Oui, bien sûr. Et toi ? — Moi aussi. Il m'a serrée dans ses bras, je ne veux que ton bonheur, tu sais. La radio marchait, c'était une vieille chanson de Joe Dassin, invite-moi à danser, lui ai-je dit, tu es le premier sur mon carnet de bal. — Je veux être le seul, a-t-il répondu ; mais quand j'ai mis mes mains sur ses épaules, il m'a enlacée et nous avons dansé. Son corps était contre moi, chaud et tendre, un frère, ai-je pensé, un frère avec qui danser est le seul corps-à-corps possible, tout le reste non, je ne peux plus. Dansant, j'avais avec lui ce mélange de réserve et d'abandon qu'on a dans les familles, c'était là le drame, je le sentais soudain — une tragédie sans autre issue qu'une transgression mortelle dont j'étais incapable : nous étions de la même famille. Ne portions-nous pas le même nom, d'ailleurs ? Nous dansions front contre front, et j'avais l'impression d'appuyer la tête contre une vitre où bougeait symétriquement mon reflet, quelqu'un que je connaissais comme on se voit dans un miroir — un frère injuste et jaloux, un jumeau ombrageux. Nous avions beaucoup fait l'amour, pourtant, nous avions eu des enfants ensemble, mais peut-être est-ce la même chose, au bout d'un temps, d'avoir les mêmes enfants ou les mêmes parents. Peut-être que la consanguinité s'acquiert par la naissance ou par le mariage, créant d'office ou à la longue ces unions interdites et ces désunions impossibles ? Car je ne voulais pas le quitter, je voulais qu'on reste ainsi, tels que la danse nous accouplait — proches. Corps distant et âme sœur, âme secrète et corps fraternel. Il faisait partie de ma famille, je ne voulais pas le quitter, restons comme ça, Julien, ne changeons rien, évitons les disputes — est-ce qu'on quitte un frère ? Il était devenu pour moi un familier, un intime, nous avions les mêmes souvenirs et pas d'avenir. On ira où tu voudras, quand tu voudras, continuait la chanson, et on s'aimera encore lorsque l'amour sera mort, je serrais contre moi l'homme aimé avec qui j'avais eu deux enfants, mais, c'est étrange, me hantait surtout l'idée que nous avions le même sang.

Dès que j'ai pu, j'ai appelé Jacques, il était déjà au courant : « Toutes les radios en ont parlé, vous savez. Alors vous voilà une star... Nicole Kidman, ma chère... Et dire qu'on vient de me refuser l'avance sur recettes ! » Je lui ai demandé si nous pouvions remettre notre rendez-vous au vendredi, exceptionnellement, parce que le producteur organisait un cocktail pour fêter ça. Il a dit d'accord. Je n'ai pas reconnu sa voix.

Je l'ai retrouvé le vendredi au café de France, c'est lui qui avait fixé là le rendez-vous plutôt que chez lui parce qu'il avait la garde de son fils cette semaine-là — « je préfère qu'il ne vous voie pas », avait-il expliqué au téléphone, j'avais dit : d'accord, je m'étais dit : bon.

Quand je suis entrée dans le café, plusieurs personnes m'ont suivie du regard, j'étais passée la veille au journal télévisé, « Le renouveau du cinéma », Jacques est arrivé sur mes pas, il m'a embrassée sur une joue, on s'est installés à une table isolée, le malaise aussi, c'était la première fois que nous étions dans le monde ensemble, messieurs-dames ? a dit le garçon.

Donc, voilà : comme je m'en doutais sans doute un peu, il voulait me parler. Il avait revu la veille (ce qui fait d'ailleurs qu'il n'avait pas pu me regarder à la télévision, désolé, mais bravo, en tout cas) une jeune femme avec laquelle il avait rompu au moment de notre rencontre parce qu'elle voulait absolument un enfant. Ils avaient longuement discuté — du passé, de l'avenir — et il avait décidé de reprendre avec elle : c'est une fille adorable, et puis elle m'aime, a-t-il dit.

— Et vous ? Je tenais ma tasse devant ma bouche pour tenter de dissimuler le masque qui commençait à m'enserrer les mâchoires, je sentais mon visage durcir comme du ciment qui prend. Vous l'aimez, vous ?

Il a hésité longuement, puis il a dit lentement :

— Je l'aime… différemment.

— Différemment de quoi ?

— J'ai beaucoup de respect pour elle, c'est quelqu'un de très bien, de très doux, de très discret, elle veut fonder une famille, elle…

— Et tout ça, c'est différent de quoi ?

Il n'a pas répondu, je n'ai rien dit non plus *(dites-moi que ce n'est pas vrai, je vous en prie, ne me faites pas tourner dans ce navet, proposez-moi autre chose, vous avez bien une autre idée, un autre plan, un scénario original, n'importe quoi d'autre)*, je n'ai rien dit pour ne pas entrer dans le film, pas coller à l'histoire, pas sortir les répliques attendues — bois ton thé et tais-toi, le silence était effrayant dans le bruit alentour, mais on ne parle jamais si mal que quand on ne parle que de peur de se taire. Je n'ai rien dit, il a bu son café, remis un bouton de sa veste, alors j'ai tout de même dit, parce que j'ai cru qu'il allait partir, j'ai fini par dire, assez doucement parce que c'était à moi que je pensais :

— Vous avez envie d'un autre enfant ?

Il a soupiré, non, pas du tout. Il a paru réfléchir encore de longues minutes, puis, comme s'il cédait à l'injonction de mon silence, il a dit :

— Je ne peux pas vivre seul, vous comprenez ça ? Je ne peux pas. J'ai des envies de suicide quand je suis seul, et puis les week-ends en tête à tête avec mon fils, mon divorce, les femmes qui défilent — ça ne peut pas durer. J'ai besoin de calme pour continuer mon travail, de stabilité, d'un minimum d'équilibre...

J'ai dû faire un immense effort mental pour intégrer ce défilé dans son minuscule appartement plein de vaisselle sale et de chaussettes par terre. Jacques effritait un sucre entre ses doigts, j'essayais en vain de retrouver un peu de souplesse dans la nuque, mais je ne pleurais pas, mon visage était gelé ; nous tournions maintenant dans un film d'auteur, un truc d'art et essai minimaliste, quelque chose comme une adaptation cinématographique des *Maximes*, Hollywood pouvait toujours s'accrocher.

— Alors l'amour, comme vous dites... Qu'est-ce que c'est, l'amour ? La Femme avec un grand F, celle qui remplace toutes les autres, c'est ça ? Les yeux dans les yeux jusqu'à la fin des temps ? La Déesse ? Moi je n'y crois pas, c'est une invention de femme pour être la seule. *(Et les enfants, ce n'est pas une invention de femme pour être la seule ? Ou une invention d'homme pour ne plus être seul ? Ou l'inverse ?*) Non, moi, je crois seulement à la D.S. — la Différence Sexuelle de Derrida — je crois à cette danse, à la légèreté, à des moments de grâce, c'est tout. L'amour, c'est des mots.

— Vous ne m'aimez donc pas ? Vous m'avez dit : je vous aime, mais vous ne m'aimez pas, en fait ?

Il a levé les yeux, nos regards se sont rencontrés. Alors je l'ai vu, lui, et le décor autour — pas le comptoir du bar ni les consommateurs attablés, non : la scène s'est offerte à moi comme un paysage, une sorte de jardin à la française, bien ordonné, aux lignes droites agrémentées ici d'un labyrinthe où l'on pouvait s'aventurer si l'on voulait, mais on n'était pas obligé, de gros taillis de buis touffu. Je l'ai vu au bord de l'amour, il se tenait exactement à la lisière, je voyais dans ses yeux qu'il pouvait m'aimer, que c'était possible, qu'il était sur le point de le faire, ou plutôt de le dire, mais c'est la même chose, dans ce léger mouvement de bascule par lequel on se met en marche, on va de l'avant, on tente l'aventure, qu'est-ce que je fais, j'y vais ? Allez oui, j'y vais.

— Excusez-moi de vous déranger, je vous ai vue hier à la télé, je voulais juste vous dire que j'ai adoré votre livre. Je l'ai prêté à mon copain, il est en train de le lire. Et on attend le film,

140

maintenant ! Vous voulez bien signer mon agenda ?

— Merci, ai-je dit. C'était une jeune fille très belle, qu'elle s'en aille vite.

— Vous, ce n'est pas pareil, a-t-il dit d'un ton blessé *(pareil que quoi ?)*. Vous écrivez, vous avez du succès, tous les hommes sont à vos pieds — et les femmes aussi, à ce que je vois… Le moins qu'on puisse dire, c'est que je ne suis pas au centre de… Et puis vous êtes mariée, c'est compliqué, vous avez une petite fille, votre vie est… *(finie ?)*. Lucie — elle s'appelle Lucie — ce n'est pas pareil : elle est jeune, elle…

(Qu'est-ce qui se joue, là, qu'est-ce qui se passe, pourquoi toujours ce moment où l'on vous regarde les dents comme fait un maquignon d'un cheval ?)

— Et qu'est-ce qu'elle fait ? Elle travaille ? ai-je dit à Jacques comme si j'étais sa mère.

— Elle est scripte. Elle adore les enfants, m'a-t-il répondu comme si j'étais sa mère.

(On mise, on mise prudemment, on fait attention, on peut se tromper, ici ou là, celle-là, une autre, impair et passe, l'âge du capitaine, le beurre et l'argent du beurre et le cul de la crémière, on évalue ses chances, le risque qu'on court, si ça vaut la peine, si ça tient la route, la Carte du Tendre se change en QCM.)

Dans le paysage, quelque chose a bougé, un animal alerté qui suspend sa course, une main qu'on remue au fond de sa poche, une feuille, un oiseau — quelque chose s'est ressaisi,

Jacques s'est carré sur le dossier de sa chaise, et j'ai vu s'éloigner l'infime geste vers moi qu'il allait esquisser ; ce qu'il avait pensé me donner, il l'a repris comme on reprend ses billes, je l'ai vu comme on voit un lapin dans un champ, pffft, ça ne dure qu'une seconde, on a le temps de regarder, pourtant : les oreilles dressées, l'œil éperdu dont l'intelligence malgré tout fonctionne, l'instinct de fuite, je l'ai vu exactement ainsi, mesurant moi aussi, de l'autre bord, animal blessé, les hésitations, la distance, les doutes.

— Écoutez, Camille, j'aime être avec vous, j'aime vous parler, j'aime faire l'amour avec vous, j'aime qui vous êtes, votre liberté (*j'aime qui vous êtes ! N'importe quoi ! moi-même je l'ignore ! Est-ce que vous ne voulez pas plutôt m'aimer moi, au lieu d'aimer qui je suis, moi telle quelle, m'aimer moi, sans faire le détail, prendre le kit complet, « je vous aime », me prendre, quoi, m'accepter, m'admettre, est-ce que vous ne voulez pas me vouloir ?*) — c'était comme une révélation, d'un coup : l'amour est un choix, on peut décider d'aimer ou de ne pas aimer, on peut le vouloir, il suffit de le vouloir. La Rochefoucauld dit l'inverse, que c'est une fièvre que nous ne maîtrisons pas, ni quant à sa naissance ni quant à sa durée : « On n'est jamais en liberté d'aimer ou de cesser d'aimer. » Mais au contraire : c'est une liberté que nous avons, l'amour, une liberté de parole : nous avons le choix d'aimer puisque nous avons le choix des mots. *L'amour, c'est des mots*, il avait bien raison, Jacques : c'est comme un roman qu'on aurait dans la tête, une histoire, des personnages, des lieux, on sent bien qu'il n'y a plus qu'à l'écrire, c'est là tout près, on va s'y atteler, ça va être magnifique ; mais n'empêche, on a beau faire, tant qu'on n'a pas mis des mots dessus, ça n'existe pas.

— Vous êtes libre, Camille, et ça c'est merveilleux.

— Et vous, vous êtes libre, Jacques ?

Il n'a pas répondu. J'ai repris :

— C'est un type qui aborde une fille : « Vous êtes libre, mademoiselle ? » Elle lui répond : « Oui, et permettez-moi de le rester. » Pourquoi trouvez-vous ça merveilleux pour moi et impossible pour vous ? Vous ne voulez pas qu'on essaie d'être libres ensemble ?

Il n'a pas répondu. Il regardait sa tasse d'un air absent. (Tous les hommes aiment les femmes libres, pourvu qu'ils en aient une à la maison qui ne le soit pas.)

— Donnez-moi votre adresse, a-t-il fini par murmurer. Je vous écrirai, ce sera plus facile.

— « On vous écrira », c'est ça ? Je me suis levée, fini de jouer, j'ai lancé l'argent de mon thé sur la table, « pour le personnel », je l'avais perdu, j'étais perdue, j'aurais voulu qu'on aille faire l'amour là tout de suite dans les toilettes, faire l'amour pour le faire, pour faire comme si, même si plus de lien, même si plus de retour, plus de réponse, même si plus d'amour, au lieu de ça j'ai creusé la distance — l'orgueil ne veut pas devoir, et l'amour-propre ne veut pas payer —, j'ai traversé la salle ; à une table voisine un homme parlait à un petit garçon, il était penché tendrement vers lui et lui disait comme en confidence : « la liberté, c'est », j'aurais bien voulu entendre la suite. Je suis sortie, Jacques me regardait partir à travers la paroi vitrée, je n'aurais eu qu'à tourner la tête, qu'à faire un signe — *revenir, revenir, y retourner, embrasse-moi, Jacques, embrasse-moi encore, reprenons ce livre où nous l'avons laissé, relis-moi donc ce passage, c'est mon préféré, je veux l'entendre encore* —, j'ai tourné le coin de la rue, la nuque raide d'une reine qui monte à l'échafaud — la constance des sages n'est que l'art de renfermer leur agitation dans leur cœur.

La Rochefoucauld fait de l'amour-propre le principe essentiel de l'être humain. Il en donne cette définition : « L'amour-propre est l'amour de soi-même, et de toutes choses pour soi. » Celui-ci occupe une telle place en nous que nous n'en avons pas même la conscience, il vit en nous et nous anime dans « cette obscurité épaisse qui le cache à lui-même ». C'est le point aveugle de l'individu, un continent insondable, sorte de *terra incognita* à quoi le moraliste rapporte, bien avant Freud, toutes les actions des hommes. L'amour-propre, cependant, développe une grande lucidité à l'égard d'autrui, dont il se sert, c'est un stratège qui « voit parfaitement ce qui est hors de lui » — en quoi il est semblable à nos yeux, « qui découvrent tout, et sont aveugles seulement à eux-mêmes ». Ce qui meut l'âme humaine, c'est l'intérêt, et seulement cela ; toute la réalité extérieure n'est envisagée que sous cet angle : le profit qu'on en tirera, le plaisir qu'elle apportera, la gloire personnelle qu'elle procurera.

L'amour n'échappe pas à cette disposition : « Nous ne pouvons rien aimer que par rapport à nous. » Pour La Rochefoucauld, l'égocentrisme fait de l'amour une relation économique où tout est calcul, concurrence, monnaie d'échange, volonté de dominer l'autre. C'est un commerce, comme l'amitié, qui dépend des lois du marché : la dépense est réglée en vue du profit à venir, on ne veut rien donner sans s'assurer d'abord qu'on y a « quelque chose à gagner ». La générosité, le désintéressement, la bonté d'âme, tout ce qui traditionnellement préside à l'élan amoureux dans l'imagerie courtoise du Moyen Âge, vole alors en éclats, et « les vertus se perdent dans l'intérêt comme les fleuves se perdent dans la mer ».

C'est donc une bien mauvaise nouvelle qu'annonce La Rochefoucauld, et rien ne vient véritablement la contrebalancer, pas même la bonne nouvelle chrétienne : le duc est mort pieusement dans les bras de Bossuet, mais l'amour de Dieu est le grand absent de son œuvre. Il y a un vide au cœur de l'homme, quelque chose qui manque, sur quoi depuis des siècles on s'empresse de mettre des noms inventés par l'hypocrisie sociale, la vanité et le besoin d'illusion. Le désespoir de La Rochefoucauld serait absolu s'il ne cherchait à restituer au moins en partie le sens enfoui sous les actes et sous les mots. Ce n'est pas qu'il y ait un sens vrai et un sens faux, ce serait trop beau, on n'aurait qu'à trier. Non, il y a un sens sous le sens, il faut creuser, trouver, comme le dit Paul Ricœur, non pas tant la chose du mot que l'autre mot de ce mot : une fois qu'on a mis au jour l'orgueil sous la magnanimité, le hasard sous le succès, la peur du ridicule sous le sens de l'honneur, l'intérêt sous l'amitié et l'amour-propre sous l'amour, peut-être peut-on trouver dans l'usage de ces mots rendus à leur plus grande justesse, dans cette traversée des apparences et cette dissolution des illusions, au fond du vide, une forme de bonheur, en tout cas de plaisir, qui est justement notre seul but dans la vie.

L'une de ses maîtresses disait à Sacha Guitry :
— Je t'aime, Sacha. Et toi ?
— Moi aussi je m'aime, répondait-il.

Ma grand-mère adorait raconter le mariage de mes parents parce que tous les nouveaux arrivants à qui elle ouvrait la porte le matin des noces, en robe de soie beige et or, lui disaient charmés : « La fiancée, sans doute ? » — elle avait quarante ans. La dot était considérable, et Sophie, dans un tailleur bleu marine qu'exceptionnellement elle avait acheté dans une grande maison, en avait un peu le vertige comme quand on arrive tout en haut par un ascenseur trop rapide. Dans sa corbeille, Simone apportait une voiture (c'était une 203 noire, celle-là j'en suis sûre, avec une couverture écossaise à l'arrière, dans des tons de rouge ; quand la route tournait j'avais mal au cœur), le cabinet dentaire et l'appartement attenant. Gilles Laurens, à l'invitation de son futur beau-père, avait cherché pendant près d'un mois, épluché les journaux spécialisés, visité divers locaux neufs ou anciens. Il en avait trouvé un très bien à Troyes, tout équipé, matériel dernier modèle, clair, lumineux, même la secrétaire voulait bien rester, qui connaissait dossiers et clients, le truc vraiment idéal, mais.

Troyes-Dijon, en 203, il fallait compter deux heures, deux heures et demie au bas mot. Et Marcel pensait, il l'a dit tout net à son futur gendre, il pensait que c'était beaucoup trop loin — ma fille a dix-neuf ans, vous savez, elle a encore besoin de ses parents. Il jugeait donc préférable de reprendre le cabinet du Dr Fumay, leur regretté dentiste, certes plus petit et plus vieillot que celui de Troyes, mais situé à moins de deux cents mètres de la maison où le jeune couple pourrait emménager, puisque l'appartement en dessous du leur était libre, justement. Vous pourrez aller travailler à pied, c'est tout de même agréable, je vous le dis, moi qui mets vingt-cinq minutes pour aller à l'usine avec la Hotchkiss, c'est appréciable — et puis on vous gardera les enfants quand vous sortirez, ça a du bon, vous verrez, c'est pour votre bien.

Tout ce que Gilles obtint, c'est que les enfants, qui naîtraient donc à Dijon et non à Troyes, seraient protestants comme lui — « comme moi », dit-il pour aller vite, plutôt comme son père et ses tantes, qui ne pouvaient envisager qu'un mariage au temple, il le savait et ce fut pour eux, pour l'amour d'eux, qu'il négocia ce point précis de la cérémonie, lui s'en moquait bien, il avait cessé de croire en Dieu à l'âge de sept ans, après l'avoir prié vainement tous les soirs pendant une année de faire revenir sa mère, un jour sa confiance s'était brisée : peut-être existait-il, ce dieu dont on parlait tant à la maison, il ne se prononçait pas sur son existence ou son inexistence, ce n'était pas la question. Mais il n'ajoutait pas foi à sa parole — sa bonne parole ! —, comme il resterait sceptique, quelques années plus tard, quand sa femme lui expliquerait pourquoi elle avait découché deux nuits, une obscure histoire de cousine décédée à Quimper, « je ne te crois pas », lui dirait-il, la fixant au visage, elle les traits tirés par une veillée qui n'avait pas dû être funèbre — c'était pareil pour Dieu : ce n'était pas qu'il n'y croyait pas, c'est seulement qu'il ne le croyait pas.

Marcel barguigna un peu pour la forme — l'emmerdant, avec les parpaillots, c'est le manque de faste, le dépouillement —, pour sa fille il rêvait de couvrir d'or une église, et puis Marcelle allait sûrement faire la gueule. Mais il accepta assez vite, parce que dans le fond il se foutait de Dieu comme de son premier maillot, est-ce que c'était Dieu qui avait torché les All Blacks en 29, est-ce que c'était Dieu qui sortait deux mille pièces en alu par jour des ateliers Tissier, est-ce que c'était Dieu qui rendrait sa fille heureuse, réformé ou pas ? Non. Et même, à y bien réfléchir, il préférait un pasteur à qui on pourrait dire Monsieur en lui remettant la petite enveloppe, plutôt qu'un de ces prêtres qui se faisaient donner du « mon père » gros comme le bras, alors qu'il n'y avait qu'un père au monde, et c'était lui.

La cérémonie eut lieu au temple de Mâcon, après le mariage civil. Le maire avait récité des vers de Lamartine, ceux qui chantent l'amour éternel toujours vivace malgré la mort terrestre : « Que le vent qui gémit, le roseau qui soupire, Que tout ce qu'on entend, l'on voit ou l'on respire, Tout dise : ils ont aimé », le pasteur distingua gravement l'amour terrestre de la vie éternelle : « Quiconque boit de cette eau aura encore soif ; mais celui qui boira de l'eau que je lui donnerai n'aura plus jamais soif, et l'eau que je lui donnerai deviendra en lui une source qui jaillira éternellement. »

À la tribune du temple se tenait un jeune homme qui jouait de l'harmonium. En dessous de lui, la nef était presque pleine — les deux familles s'étaient déplacées au grand complet, invitées par Marcel. Beaucoup ne savaient pas chanter ou ne connaissaient pas les cantiques ; ne s'élevaient donc guère jusqu'au musicien que les voix familières des tantes Yvonne et Suzanne, voix claires et pieuses altérées ce jour-là, il l'entendait, par le vibrato des larmes. Le pasteur lisait encore, *Sur ma couche, pendant les nuits, j'ai cherché celui que mon cœur aime ; je l'ai cherché, et je ne l'ai point trouvé... Les gardes qui font la ronde dans la ville m'ont rencontrée : Avez-vous vu celui que mon cœur aime ? A peine les avais-je passés Que j'ai trouvé celui que mon cœur aime ; je l'ai saisi et je ne l'ai point lâché jusqu'à ce que je l'aie amené dans la maison de ma mère* — tout près du chœur, quelqu'un éclata en sanglots, ce n'était pas Simone, dont les yeux brillaient d'excitation, elle avait soif de cette eau imparfaite, ni

Sophie, qui, si elle l'avait pu, aurait apporté son tricot, non : sous un large chapeau de soie dragée serti de perles, le nez dans un mouchoir de batiste, c'était Marcelle. Le joueur d'harmonium compulsait ses partitions en vue du prochain morceau lorsqu'un bruit sur la gauche l'alerta. Il se retourna. Une femme était assise dans le recoin le plus obscur de la tribune, d'où, les coudes posés sur la balustrade, ses mains cachant son visage, elle regardait à travers ses doigts écartés, elle regardait, elle écoutait : *Mon bien-aimé a passé la main par la fenêtre et mes entrailles se sont émues pour lui, je me suis levée pour ouvrir à mon bien-aimé.* — Madame, chuchota le jeune homme en s'avançant d'un pas, elle se tourna vers lui, elle avait une cinquantaine d'années, les traits encore jeunes et fins sous des cheveux tout blancs, les yeux bleus. — Oui ? dit-elle, il souriait gentiment, il devait avoir dans les vingt-cinq ans, il aurait pu être son fils. — Ne restez pas là, madame, descendez, il y a encore des places en bas, vous savez. — Non, répondit-elle, non je ne peux pas descendre. — Pourquoi ? Elle ne dit rien, il se rassit, de toute façon il allait bientôt devoir attaquer le finale. Alors elle étendit le bras en direction du couple maintenant agenouillé devant l'autel où elle s'était mariée elle-même, autrefois, lui en habit, elle en dentelle, photo noir et blanc, cliché de bonheur, mari et femme, nuit et jour, meilleur et pire, et elle dit très bas en montrant le marié qui s'emparait de l'anneau, *mets-moi comme un sceau sur ton cœur, comme un sceau sur ton bras Car l'amour est fort comme la mort*, « je ne peux pas parce que » — l'harmonium entonna la marche nuptiale, elle dit très bas comme si cette explication allait suffire, mais il n'entendait plus : « Je suis sa mère. »

Comment avait-elle été prévenue, par qui ? Toujours est-il qu'elle assista au mariage de son fils Gilles, cachée dans la tribune d'où elle ne descendit que lorsque tout le monde fut parti — son fils Gilles qu'elle n'avait pas vu depuis plus de vingt ans (mais si, elle l'avait revu, plusieurs fois elle est allée à la sortie de l'école voir s'ils grandissaient, lui et sa sœur, regarder s'ils étaient heureux, s'ils en avaient l'air, en tout cas).

Comment quitte-t-on un enfant ? Comment s'en va-t-on ? Où trouve-t-on pour rejoindre un homme cette force qu'on n'aura pas forcément pour le quitter ? Partir, ne pas revenir, laisser derrière soi non pas des nouveau-nés aux yeux fermés et au visage sans sourire, mais des enfants qui parlent et raisonnent, rient et embrassent : le petit garçon qui, assis au pied de la coiffeuse en bois de rose, s'amuse à mélanger dans un bol ses crèmes de beauté (quelques années plus tard, changeant de mixture, il fera sauter le garage, on le sortira des ruines, indemne) ; la petite fille à qui on tresse des nattes le matin et qui, cinq ans plus tard, atteinte d'une tuberculose utérine, apprendra qu'elle n'aura jamais d'enfants ?

Cette grand-mère-là se prénommait Céline, comme dans la chanson, *tu as tu as toujours de beaux yeux*, je ne l'ai vue qu'une fois, j'avais douze ans, je l'ai déjà raconté — mon père qui dit : « Bonjour madame », je n'ai jamais su son nom de famille, son nom d'après. Je l'ai trouvée belle, ma grand-mère, froide et belle, avec son chignon blanc, son port de tête hautain, elle avait du mal à sourire, elle n'aurait pas dû revenir, pas si tard, même une journée, surtout une journée, ça s'est conjugué à l'irréel du passé, *tu aurais pu rendre un homme heureux*, c'était trop tard, l'amour, ça ne revient pas.

D'après mes calculs, elle a dû partir de chez elle en 1933. Son amant était plus jeune qu'elle de quelques années, ils ont eu deux enfants. Au bout de dix ou douze ans, il l'a abandonnée, elle est restée seule jusqu'à sa mort. C'est tout ce que je sais. Interrogé, mon père répond du bout des lèvres que c'est tout ce qu'il sait : elle a refait sa vie avec un autre homme, sans commentaires (un autre homme, un amant, un homme aimé), elle a eu d'autres enfants, point final (d'autres, d'autres que lui, plus lui, d'autres).

Il m'arrive de penser que ce mot : *l'autre, un autre*, pourrait servir de légende, de sous-titre ou de traduction à cet autre mot qu'est *l'amour*. Je crois parfois tenir là, dans son espoir et son désespoir, la seule définition possible : l'amour, c'est l'autre. On peut l'entendre différemment. En un sens favorable : l'objet d'amour se compte par millions, il n'y a qu'à tourner le coin de la rue, shop around the corner, la capacité de rebond est infinie, un de perdu, dix de retrouvés. Mais sous un autre angle, le constat est amer, c'est celui de mon père, dont je me sens plus légataire encore que de la tête à chapeaux de Marcelle : je ne suis pas, moi, l'objet aimé — ce n'est pas moi, c'est l'autre.

L'a de l'amour, je l'ai toujours entendu comme un préfixe — ce que la grammaire appelle un préfixe privatif, et c'est bien vrai, l'amour est une privation, il y a quelque chose qui manque, une absence, une abolition, une abjuration, que sais-je ? quelque chose qui n'est pas là, qu'on a perdu si on l'a jamais eu, l'a de l'amour nous sépare de l'amour, nous tient à distance, on ne peut pas approcher plus, on se heurte à un mur, au mur de l'amour, un mur aveugle comme seul l'amour peut l'être, on a beau toquer, dire toc toc, je suis là mon amour, ça n'ouvre pas, ça ne s'ouvre pas, ça s'entrebâille à peine, ça ne vous laisse pas entrer comme ça, pas comme chez vous, non, c'est une propriété privée, absolument, c'est privé, l'amour, c'est privé de tout.

Le mot qui rime avec l'amour, bien sûr que ce n'est pas *toujours*. L'amour rime avec *encore*, c'est tout, ou avec *en cours*, si l'on veut — l'amour est en cours vers encore, vers ce qui échappe au sort habituel, vers ce qui court encore. Ce n'est pas seulement du temps que veut l'amour — toujours ? et après ? Un jour, dans l'enfance, mon père m'a demandé : « Quel est le plus grand nombre ? » J'y ai pensé des nuits et des nuits : le plus grand nombre, celui au-delà duquel aucun ajout n'est possible, le point extrême, le butoir ultime de tout calcul, la somme — quelle torture. Plus tard, on m'a dit, ou j'ai dit : « Tu ne m'aimes pas assez. » Alors la question est revenue, infinie comme sa réponse : qu'est-ce qu'un grand amour, qu'est-ce que le plus grand amour, l'amour incalculable, la somme ? Mais ce n'est pas tant la somme qui nous fascine, pas tant la quantité que l'unité, le nombre qu'on peut rajouter à l'éternité, le 1 qui va s'additionner pour agrandir la somme, s'approcher un peu plus près de la totalité — pas tant la mesure que la démesure. L'amour veut ce qui est derrière ce qu'il a, derrière l'a de l'amour, derrière l'instant, derrière l'espace, derrière le corps, encore, c'est tout ce que veut l'amour : encore. C'est simple comme un corps qui résiste à la mort, qui passe outre, l'amour veut ce qu'il y a derrière la mort — l'âme ou le vent, comment savoir sans la mémoire d'outre-tombe ? Dieu ou rien, comment l'avoir sans mourir, comment le savoir sans cesser de le savoir ?

Presque tout de suite, ma mère a pris André, elle n'a pas mis longtemps à trouver celui que son cœur aime. Ça a commencé avec lui alors qu'elle était enceinte de moi, et quand elle a perdu les eaux, c'est lui et non mon père qui l'a emmenée à la clinique du Parc, où je suis née — il était médecin. C'est dire si j'ai su tôt l'existence de l'Autre — l'Autre avec le grand A d'André, l'Autre avec le grand A d'Amour. Des liens avec mon père se sont ainsi créés d'emblée : nous avions le même rival, lui et moi (tandis que pour ma sœur, la figure maudite de l'Autre s'incarna brutalement, un matin de novembre, sous la forme vagissante d'un bébé qu'on ne pouvait pas ramener au magasin, et qu'elle s'efforcerait par deux fois d'effacer du paysage en tentant, au-dessus du berceau, de me planter dans l'œil une aiguille à tricoter).

Tu as pensé, dans l'enfance, que tu étais la fille d'André — ce qui expliquait tout, ce qui justifiait notamment la passion qu'elle, ta mère, avait pour lui : elle l'adorait parce qu'il t'avait faite, elle le chérissait parce qu'elle lui devait ta vie, c'était bien normal, tu étais son trésor. Mais dans les miroirs on se voit, et tous ceux que tu as interrogés t'ont dit que non, André n'était pas ton père, et tous ont ajouté que non, tu n'étais pas la plus aimée, qu'il y avait dans la ville quelqu'un qui l'était davantage, et c'était Lui. Bref, ajoutaient les miroirs sans pitié, tu n'avais aucune place dans cet amour, ni dans sa naissance ni dans son développement, cette histoire t'échappait, elle avait lieu ailleurs que dans le cadre où tu te voyais seule, dessus de cheminée au tain dépoli, glace embuée de la salle de bains, tu avais beau faire et te raconter des histoires, tu étais seule. Et, te disais-tu pour finir, en larmes, c'était évidemment ce qui devait lui plaire, à elle : que tu n'y sois pas, qu'ils puissent rester ensemble hors du monde, seul à seule, comme font dans les romans et les contes les vrais amants, qui n'ont jamais d'enfants.

Un après-midi, l'entendant crier au téléphone, j'étais sortie de ma chambre le cœur serré d'angoisse, elle disait « écoute, non, non, ce n'est pas possible, dis-moi que ce n'est pas vrai », elle hoquetait, elle se tirait les cheveux d'une main en répétant cette phrase, « dis-moi que ce n'est pas vrai », et ensuite, « j'ai besoin de te croire », j'en restais bouche bée sur le pas de la porte, voulait-elle qu'on lui mente ou qu'on lui dise la vérité ? Puis elle s'était effondrée en pleurs sur son lit, me repoussant du bras pour que je m'en aille, ce n'était pas mes histoires. « Qu'est-ce qu'il y a, maman, qu'est-ce que tu as ? insistaisje malgré son irritation croissante à me voir rester là. C'était qui, au téléphone ? C'était qui, maman ? » — qui avait ce pouvoir de la faire souffrir quand je n'avais pas celui de la consoler ? Pour finir, à bout de nerfs, elle m'avait répondu que c'était son frère, elle me prenait vraiment pour une imbécile, comme si on avait besoin de croire en son frère !

Une nuit, Claude, souffrant d'une oreille, frappe à la chambre des parents et, sans attendre la réponse, entre en gémissant. André, me raconte-t-elle ensuite, André, lui a-t-il semblé, André était couché, mais peut-être a-t-elle mal vu, pas bien réveillée, embrumée de fièvre, André cependant était couché à côté de maman qui a bondi du lit en entendant la porte s'ouvrir, sauté nue hors du lit jusqu'à la porte qu'elle a repoussée au nez de ma sœur, va te recoucher, j'arrive, André les épaules nues sur l'oreiller de papa, mais elle a pu se tromper. « Ils font peut-être l'amour ? » dis-je à ma sœur, employant un mot que je viens d'apprendre dans un feuilleton télévisé. Claude hausse les épaules, « ils ne sont pas mariés », me répond-elle. Le lendemain, au retour de l'école, je sens quelque chose sous mes chaussures ; c'est de la sciure. Il me faut une minute pour découvrir le verrou tout neuf à la porte de la chambre — un gros verrou métallique à targette comme dans le tableau de Fragonard : on ne passe plus. J'entrevois des terres inconnues, je suis interdite.

On n'est jamais vraiment passées. On est restées sur le seuil, Claude et moi, à regarder, ou plutôt à imaginer Simone vivre sa vie. On a écouté de l'autre côté des murs avec un verre à pied, on a observé entre deux portes, relevé tous les indices, fouillé tous les tiroirs, déroulé dans la plus grande perplexité des doigts de gants géants, lu des lettres et des papiers. C'est ainsi qu'un jeudi, nous avons trouvé le livret de famille, et appris que nous avions eu une sœur, un seul jour mais une sœur, Patricia, morte on ne sait pas de quoi le lendemain de sa naissance — comme Philippe, mais Philippe on sait de quoi —, morte, je crois, d'être la fille d'André, ma mère dit que non, mais c'est une version ancienne, ce non, un si vieux mensonge qu'il est devenu la vérité, si solide qu'il faudrait l'attaquer à la hache, et pour quoi faire ? Patricia, donc, troisième et dernière enfant de Simone et Gilles dans le livret de famille, reconnue par Gilles Laurens comme on reconnaît quelqu'un dans la rue — il doit bien le savoir, lui —, reconnue comme on ne se reconnaît pas dans la glace ; Patricia, née on ne sait pas de qui, morte on ne sait pas de quoi, Patricia, de *pater*, le père, c'est tout de même incroyable, les noms qu'on donne. Patricia, enfant d'amants, enfant de l'amour — ça ne suffit pas pour vivre, la preuve.

Je n'ai aucun souvenir de cette naissance, j'avais moi-même un an à peine. L'histoire raconte que, peu après, Simone rompit avec André quand celui-ci lui annonça qu'il venait d'avoir un garçon. Il eut de sa femme, qu'il n'aimait pas, un fils vivant, tandis qu'ils n'avaient eu ensemble, malgré l'amour, qu'une fille morte : Dieu est un enfant qui joue aux dés. Ils ne se parlèrent plus pendant un an, mais le silence ne pouvait pas durer : lors de ses visites à domicile, il se garait dès que possible sous les fenêtres de la maison, elle le guettait, le voyait lever les yeux vers le balcon ; un jour elle descendit à toute vitesse pour faire semblant de le croiser par hasard, « Ah ! c'est toi ? », dit-elle, « oui, c'est moi, je suis heureux de te voir ». Je ne sais pas grand-chose de ces années-là, sinon que mon père devint l'amant de la femme d'André et qu'ils menèrent ce que Marcelle appelait « un ménage à quatre » (*tu sais tout de même qu'il leur arrivait de partir ensemble en vacances, et qu'alors, dans les hôtels où ils descendaient, ils échangeaient leurs identités, les deux femmes prenant chacune le nom de son amant, ce que Marcelle découvrit le jour où elle voulut avertir Simone que tu étais malade : la standardiste de l'hôtel lui passa la femme d'André. Elle te raconta l'aventure des années après, et tu fus éblouie — prémices de ton amour du théâtre — par la facilité qu'il y a à changer de vie : il suffit de changer de nom*). Plus tard, lassés de leur semi-clandestinité, André et Simone eurent envie de vivre ensemble, et, plutôt que de négocier chacun le divorce avec leurs conjoints respectifs, ils imaginèrent les mettre devant le fait accompli, l'accomplissement du fait : Simone, enceinte, l'annonça à Gilles sans avoir besoin de préciser que ce n'était pas de lui. Il ne dit rien. La suite est plus confuse : ou bien la femme d'André n'a pas voulu, ou bien André lui-même s'est dégonflé, ou bien Sissi a eu peur que leur liaison érotique se change en cauchemar domestique, bref, une nuit, celui que son cœur aime introduisit une aiguille à tricoter dans son utérus déjà développé par trois mois et demi de grossesse. Elle faillit mourir, elle serait morte si André ne l'avait conduite à temps dans cette clinique où Philippe devait mourir trente-cinq ans plus tard, et dont je n'ai pas le droit de dire le nom. On l'y soigna avec réprobation, c'était vers la fin des années cinquante. Dans mon souvenir, cette scène violente que je n'ai pas vécue se superpose à une autre scène, bien postérieure et confirmée par maint récit : je dois avoir douze ou treize ans, je vais, à la sortie du collège, voir ma mère dans cette même clinique où elle vient d'être opérée d'urgence d'une appendicite aiguë. André, qui a assisté à l'intervention, est assis à côté d'elle près du lit, et entre eux souriants et las, posé sur la table de chevet, j'aperçois, à travers la paroi d'un bocal, flottant verticalement dans le formol, le morceau de chair violacé et tortueux qui a failli la faire mourir, et dont la même année je croirai voir le jumeau, lors d'une sortie scolaire au musée d'Histoire naturelle de l'Arquebuse, en visitant la galerie des fœtus et des monstres. Depuis lors, l'amour (« l'amour physique », disait mon père, qui ne craignait pas les pléonasmes), l'amour a été mon étude : ce qui se passe quand on baisse un peu l'abat-jour, ce qui se produit et se reproduit derrière les verrous tirés, j'ai cherché à l'apprendre dans les livres et dans les rêves. J'ai lu des récits et des drames, des romans et des contes, j'ai voulu le savoir. Une chose est sûre : c'est que de toutes ces histoires qui inventaient l'amour, y compris et surtout au musée de l'Arquebuse, aucune, absolument aucune, n'était naturelle.

Petite, j'aimais passionnément ma mère. Je n'étais d'ailleurs pas la seule, tous les enfants me l'enviaient, l'appelaient Sissi, Sissi, en lui tendant les bras. Je n'ai pourtant d'elle qu'un seul souvenir de tendresse, un chromo épinglé à l'entrée de ma mémoire comme ces petites phrases sous verre dans les maisons, Je t'aime chaque jour davantage, aujourd'hui plus qu'hier et bien moins que demain, un refrain populaire qui ne me quitterait jamais tout à fait, ça s'en va et ça revient, c'est fait de tout petits riens, une photo sous médaillon, un cliché. J'ai quatre ans, ma mère me tient sur ses genoux, enveloppée nue dans une serviette de bain, et elle me nettoie les oreilles avec un coton parfumé au bout d'une allumette — l'une, puis l'autre, soigneusement, sans faire mal. Je ne bouge pas d'un pouce, je la laisse opérer, passer sous le bord ourlé tout autour, gratter un peu devant l'orifice mais sans insister, il ne faut pas enfoncer la *cire humaine* dans le conduit, il faut de la douceur, elle en a. Les oreilles bien propres, j'entends mieux son cœur battre, plus vite que le mien, parfois je m'arrête de respirer pour rattraper son rythme au battement suivant, mais je le perds aussitôt, nous ne sommes jamais à l'unisson. Elle me berce dans ses bras, l'air embaume l'eau de Cologne, elle chante, il y a longtemps que je t'aime, je ferme les yeux, jamais je ne l'oublierai.

Un autre souvenir d'elle, cependant : elle est impériale, son beau visage a les traits de Romy Schneider. Au cours d'une cérémonie officielle, elle aperçoit, à l'autre bout d'un interminable tapis rouge, sa petite fille qu'un protocole infâme lui a enlevée pendant des semaines. Alors elle oublie son rang, son rôle, son devoir, et elle se met à courir vers la petite fille, les bras tendus, le visage lumineux d'amour, elle court, rien ne l'arrête, je la vois arriver vers moi de toutes ses forces, jamais elle n'a couru si vite, c'est son plus beau sprint, je vois tout son corps arriver vers moi, tendre vers moi, on lui a déroulé le tapis rouge et l'écran me la donne de face jusqu'à l'étreinte — maman ! —, elle est hors d'haleine, j'ai la respiration coupée, je sanglote, c'est la première fois que je vais au cinéma.

Entre dix et douze ans, j'ai vu cinq fois *Sissi impératrice*, sans compter toutes les nuits où je me suis repassé la scène — le papy mouchant les All Blacks à Colombes, ça ne valait pas un clou, à côté de cette course ailée ! Qu'on n'en déduise pas qu'à l'inverse, hors écran, ma mère était fuyante, ce serait injuste. Elle n'a jamais couru vers moi qu'en robe couleur de songe, mais je ne l'ai jamais vue de dos non plus, jamais en fuite. Ce qui la représente le mieux, je crois, c'est ce camée que m'a offert Julien, un jour, sans savoir — ou bien me voyait-il ainsi ? : un œil, un nez fin, une joue délicate, une ligne pure dont le regard échappe, tourné vers quoi, vers où ? Telle était exactement ma mère : là mais pas tout entière, présente mais dérobant dans l'ombre une face secrète, un pan d'obscurité, ouverte mais comme une porte dont le battant cache un verrou ; je la revois guettant André à la fenêtre, le visage à demi perdu dans un pli du rideau, ou marchant à mes côtés dans la rue, la tête haute, ou écoutant un disque de Richard Anthony, la tempe dans la main, que c'est triste, un train qui siffle dans la nuit…, je la revois sur ce camée qu'un autre jour on a arraché à mon cou : proche et lointaine, attentive à l'ailleurs, obscure clarté. Voilà la mère que j'ai eue — ni de face ni de dos, non : une mère de profil. Je l'ai regardée longtemps, longtemps, et puis j'ai fait ce que vous auriez fait, ce n'était pas très malin à comprendre : j'ai voulu voir ce qu'elle regardait, ce qui tendait son front, happait ses cils, ses lèvres, j'ai voulu savoir. J'ai donc lâché sa joue du regard, j'ai pivoté d'un quart de tour. Alors je les ai vus, j'ai vu ce qu'elle embrassait du regard, l'horizon en foisonnait comme la mer de bateaux et de vagues : les hommes, leur amour, l'amour des hommes.

Ensuite, quand je suis retournée à l'Eldorado, l'affiche avait changé, ils passaient *Autant en emporte le vent.* Je l'ai vu sept fois, sans compter toutes les nuits où Clark Gable m'a regardée dans les yeux et m'a fait son sourire.

« Bonjour à tous nos auditeurs, merci de nous rejoindre, et spécialement aujourd'hui puisque aujourd'hui c'est vous qui avez préparé l'émission. En effet, je rappelle que nous vous avions proposé, pour clore cette série "Amour toujours", de nous adresser sur carte postale, tout au long des quinze semaines passées en votre compagnie, une définition de l'amour —

personnelle ou non, tirée de votre propre expérience, de votre méditation ou d'un livre, d'une conversation, d'un spectacle, d'une philosophie… Nous avons reçu des centaines de cartes, dont le choix constitue déjà en lui-même une belle réponse : cela va des fameux *Amoureux de l'Hôtel de Ville* de Doisneau au *Baiser* de Rodin, en passant par les *Phallus* de Violaine Pearl et *L'Origine du monde* de Courbet. Quant aux textes, certains sont très connus, d'autres inédits et originaux — peu d'entre vous ont proposé leur propre définition, par modestie sans doute, ou parce que, au fond, cela s'avère bien difficile. L'aveu d'impuissance fait du reste partie des citations célèbres, tel celui de Mlle de Scudéry : "L'amour est un je-ne-sais-quoi qui vient de je ne sais où et qui finit je ne sais comment." Les articles de dictionnaires dressent des listes de différentes sortes d'amour sans vraiment cerner la notion : "sentiment d'affection d'un sexe pour l'autre", c'est un peu court, jeune homme ! Le mot ne figure même pas parmi les entrées de l'*Encyclopédie*, probablement parce que la matière n'en a semblé aux Philosophes ni assez rationnelle ni assez technique. Voltaire se collette à la difficulté en l'éludant, puisqu'il énumère ce que l'amour n'est pas : "On nomme hardiment amour un caprice de quelques jours, une liaison sans attachement, un sentiment sans estime, des simagrées de sigis-

166

bée, une froide habitude, une fantaisie romanesque, un goût suivi d'un prompt dégoût : on donne ce nom à mille chimères."

Cela étant, on peut classer vos propositions en deux grandes catégories. La première rattache l'amour au corps, à la sensation de plaisir (ou de souffrance, parfois) ; c'est alors une réalité naturelle, une évidence de la matière vivante comme on peut la constater chez les animaux ; l'amour est objectivé, ainsi dans le célèbre "l'amour ? Un bouchon et une bouteille" de Joyce, ou encore : "un désir suivi d'un acte bref", ou bien, qui résume la métamorphose opérée par l'homme (nous y reviendrons) : "l'amour : une sensation dont nous avons fait un sentiment".

À l'autre extrême, la vision sentimentale, romantique, morale ou religieuse de l'amour, qui l'oriente vers le Ciel et l'élève parfois jusqu'au sublime, nous distinguant ainsi des bêtes et donnant un sens à la vie humaine : "Aimer, c'est naître. / Aimer, c'est savourer, au bras d'un être cher, / La quantité de Ciel que Dieu mit dans la chair : / C'est être un ange avec la gloire d'être un homme" — vous aurez reconnu Victor Hugo… L'amour, selon Claudel, est "ce qui nous arrache à la terre" ("l'infini mis à la portée des caniches", ironise Céline), une aspiration qui nous hisse au-dessus de l'égoïsme narcissique ou stupide pour nous ouvrir à l'alté-

167

rité, au prochain : "Aimer, c'est trouver sa richesse hors de soi", résume le philosophe Alain. "C'est préférer un autre à soi-même", ou encore cette très jolie définition anonyme : "L'amour est cette merveilleuse chance qu'un autre vous aime quand vous ne pouvez plus vous aimer vous-même." Cependant, l'amour comme sentiment n'est pas toujours perçu comme positif ni altruiste. Pour certains, c'est "mettre des haines en commun", "de l'égoïsme à deux", "un châtiment pour n'avoir pas pu rester seul". Au fond, pour beaucoup d'écrivains et de penseurs, l'amour est une création du cerveau humain destinée à masquer une pulsion, une invention langagière pour mettre un mot noble sur une chose ignoble ou triviale — le désir de jouir et l'instinct de reproduction : "L'amour est l'étoffe de la nature que l'imagination a brodée", explique le naturaliste Buffon. Et Choderlos de Laclos, l'auteur scandaleux des *Liaisons dangereuses* : "L'amour que l'on nous vante comme la cause de nos plaisirs n'en est tout au plus que le prétexte." "Affection bilieuse qui fait de la chair une divinité" selon Shakespeare, qui mêle le charnel et le sacré, tout comme Brecht : "L'amour, c'est-à-dire la chaleur d'une proximité physique, est notre seule grâce dans les ténèbres" : une fois Dieu évacué de l'amour, celui-ci reste une religion aux multiples adorateurs, mais c'est le lien sexuel qui devient le mystère et l'unique bénédiction. Quant à Beau-marchais, il… »

C'est à ce moment-là que j'ai vu Jacques. Il était assis comme la première fois au fond du studio d'enregistrement. Nous ne nous étions ni parlé ni même croisés depuis deux mois, mais je lui avais un envoyé un carton d'invitation pour l'enregistrement de la dernière émission. D'où j'étais, derrière la vitre, je ne distinguais pas très nettement son visage, mais je voyais qu'il me voyait, et je connaissais cette gravité fixe et lumineuse de ses yeux, je l'ai reconnue de loin — sa façon de bander du regard —, aussitôt j'ai senti mon ventre s'ouvrir, mes jambes. Le technicien a lancé le générique de fin, j'ai rangé lentement tous mes papiers, *la la la, la, je vous aime Chantait la rengaine La, la, mon amour Des paroles sans rien de sublime Pourvu que la rime Amène toujours.* Quand je suis sortie du studio, Jacques s'est avancé vers moi, « cette fois j'ai bien écouté, a-t-il dit, malgré votre voix toujours si belle j'ai suivi tout ce que vous disiez. Vous parlez bien de l'amour, a-t-il continué tandis que je marchais tête baissée dans les couloirs. Est-ce que vous n'auriez pas envie de le faire ?

Le moindre défaut des femmes qui se sont abandonnées à faire l'amour, c'est de faire l'amour.

LA ROCHEFOUCAULD,
maxime 131

169

« Comme vous êtes belle ainsi, Camille, comme vous m'avez manqué ! J'ai tellement pensé à vous, je suis tellement heureux de vous retrouver. » Nous étions à l'hôtel — il vivait maintenant avec Lucie, elle était enceinte, plus question d'aller chez lui. Il me parlait en me déshabillant face au miroir, enlevait une à une les épingles de mon chignon, éployant mes cheveux qu'il tirait en arrière comme la crinière d'une pouliche, regardez-vous, regardez le bel animal que vous êtes, et pour mon plaisir, il me caressait les seins, me flattait la croupe, mon bon plaisir, les mots revenaient, la lecture de ma fable intime qu'il connaît comme s'il l'avait écrite, auteur et lecteur de ce livre intérieur qu'hommes et livres ont écrit pour moi, s'installant près de moi comme je le faisais autrefois pour lire à ma grand-mère des romans d'amour, j'aimais sa voix, ses mains qui m'aidaient à tourner les pages, laissez-moi faire, laissez-moi vous conduire, vous emmener où je veux, ma belle petite chienne, ma chose aimée, laissez-moi vous prendre, vous prêter, vous vendre, voyez comme vous êtes humide entre les jambes, vous n'attendez que ça, vous allez l'avoir, vous allez vous voir, obéissez-moi, regardez-vous, il me tenait aux cheveux comme un cavalier sa monture, mais je ne pouvais pas, *soudain tu ne pouvais plus, trop de temps avait passé, ça ne galopait plus,*

170

tu étais perdue, il t'avait perdue, vous étiez séparés, tu ne sais pas comment c'est arrivé mais tu n'étais plus avec lui, vous n'étiez plus ensemble, le texte avait changé ou tu avais perdu la page. Ne m'abandonnez pas, as-tu pensé, ou peut-être l'as-tu dit, je vous en supplie, aidez-moi, retrouvez-moi, c'est moi, vous me reconnaissez ? je ne suis pas une chose, je ne suis pas cette chose, pas seulement cette chose, allez me chercher derrière la chose, derrière l'animal, derrière la chienne, venez me chercher, ne me laissez pas là, emmenez-moi. Tu t'es souvenue d'une histoire que t'avait racontée Julien, une femme qui, pendant qu'il lui faisait l'amour, s'était mise à crier non plus son prénom à lui, Julien, en lui tenant le visage à deux mains, mais son propre prénom, le sien, plusieurs fois, à grand-voix, par exemple Catherine, Catherine, Catherine, ça l'avait tellement déconcerté qu'il en avait perdu ses moyens, il riait en le racontant, et pourtant que dire d'autre, quoi de plus sûr pour qu'on vous retrouve, qu'on vienne où vous êtes, sinon crier « c'est moi, je suis là, c'est moi et pas une autre, moi seule à qui vous parlez, alors retrouvez-moi, faites vite, ne me perdez pas de vue, c'est terrible d'être seule avec vous si près, si loin, non je ne suis pas un animal, ce n'est pas vrai, ni vous non plus, dites-moi que ce n'est pas vrai, le sexe c'est l'amour, on dit « faire l'amour » parce qu'on n'est jamais si près de l'amour que quand on le fait, faites-moi l'amour, ne me laissez pas seule, retrouvez-moi, c'est tout ce qu'on fait quand on fait l'amour : on cherche quelqu'un. Ne me perdez pas de vue, je

171

vous en supplie, regardez-moi, ne me lâchez pas, ne me
laissez pas sombrer, mare ultima, mer dangereuse
des cartes d'antan, sauvez-moi, ne soyez pas lâche,
prenez-moi, prenez-moi avec vous, prenez-moi dans
vos bras, emmenez-moi sur la mer, c'est là, retrouvez-
moi là, oui, vous brûlez, vous êtes tout près — c'est
toi ? —, portez-moi, emportez-moi, j'ai besoin que
vous me portiez dans votre cœur. Mer dangereuse —
donner-prendre, tuer-sauver, venir-abandonner, terres
inconnues, ligne de partage, frontière des retrouvailles
et de l'adieu, de l'ange et de la bête, du naufrage et
du salut, oui et non, toi et moi, on se perd en se retrou-
vant, on se retrouve en se perdant, retrouvons-nous
vite, retrouvons-nous là, retrouvons-nous jeudi à cinq
heures, c'était si bon de vous retrouver — il faut que
je me sauve.

Le lundi suivant, ma mère m'a appelée. Julien lui avait téléphoné pour lui dire que j'étais
cinglée, que de toute façon si on se séparait il
ne me laisserait pas la petite parce que j'étais
incapable de m'en occuper, « des horreurs, des
choses que je ne veux même pas te répéter, ma
chérie, je pense qu'il n'allait pas bien du tout,
ce qui explique un peu » ; « mais réfléchis bien,
a-t-elle enchaîné sans transition, ce n'est pas
drôle de se retrouver seule, tu sais, regarde,
moi, depuis la mort d'André, j'ai du mal, c'est
comme si j'avais passé une frontière, tu vois,
sans amour on est loin de tout. Bien sûr, ça peut

revenir, je ne désespère pas. D'ailleurs je ne suis pas très exigeante, je ne cherche pas la perle rare, moi — je vais te dire, ma chérie, ce qu'il faut trouver, la seule chose vraiment importante : c'est un homme qui-sache-faire-plaisir. Remarque, c'est peut-être ça, justement, la perle rare ! André était comme ça, pourtant — pas à la fin mais pendant longtemps quand même : il n'était ni très beau (encore qu'il était beau, jeune) ni très intelligent, pas toujours commode, mais ce qu'il avait de merveilleux, vraiment, c'est qu'il savait me faire plaisir, ah là là ! il m'a gâtée ! Mais toi, réfléchis bien : Julien a des défauts, c'est certain, il a toujours été nerveux, il a un fond de violence, quel homme n'en a pas ? mais enfin tu vas quitter le seul homme qui t'aime ». Je n'ai rien dit, je regardais par la fenêtre le jardin vide et détrempé, *le seul homme qui t'aime* — peut-être, oui, peut-être y a-t-il une sorte d'amour dont la haine serait la preuve.

— Et qu'est-ce que tu fais, en ce moment, a repris ma mère pour changer de sujet, tu écris ?

— Oui. Je travaille sur le duc de La Rochefoucauld.

— Ah bon ? Ça n'est pas un roman, alors ?

Ma mère a eu l'air déçue, elle a adoré *Carnet de bal*, « c'est un livre que j'aurais pu écrire de A jusqu'à Z, m'a-t-elle dit à l'époque — mais enfin c'est formidable d'avoir une fille écrivain, comme ça c'est bien, tu l'as fait pour moi ».

— Si si, maman, c'est un roman.

— Ah bon ? Sur La Rochefoucauld ? Un roman historique, alors ?

J'ai pensé à cette carte postale d'un auditeur de Lille que j'avais emportée avec moi parce qu'elle ferait une parfaite épigraphe. La phrase est de Beaumarchais : « L'amour n'est que le roman du cœur. C'est le plaisir qui en est l'histoire. »

— Oui, maman, ai-je dit, c'est exactement ça que j'écris : un roman historique.

La première fois qu'on m'a exilée de l'amour, j'avais six ans. C'était à l'étranger, en Suisse, dans mon souvenir il y a des douaniers. J'ai une grosse valise et un papier entre les mains — ma feuille de route, sans doute, que ma sœur, qui m'accompagne dans ce voyage, déchiffre pour moi : Carte du Pas-Tendre. Le parcours est semé de villages où nous devons faire étape sur le chemin de l'exil : Adieu, Angoisse, Regret, Peur, Abandon, Kiki-Serré, Solitude, jusqu'à des petits bras de fleuves jamais à sec bordés de deux hameaux : Larmes-sur-Chagrin et Énurésie-sur-Honte. Maman n'est pas au courant, sinon elle n'aurait pas permis ce voyage, et surtout elle ne nous y aurait pas renvoyées l'année suivante : non, elle croit que nous allons en Suisse passer un mois de vacances au bon air des alpages, dans une colonie haut de gamme sise à Cran-sur-Sierre, ravissante bourgade pleine de chalets en bois et de marchands de chocolat. L'établissement est tenu par des sœurs de l'Église catholique, apostolique et romaine, dont la doyenne, sœur Clotilde, est la marraine d'André (le jour de son mariage, alors qu'André hésitait à épouser une femme qu'il n'aimait guère — et qui a été sa femme pendant plus de vingt ans —, sœur Clotilde, sur le seuil même de l'église, connaissant le secret de son cœur, lui aurait murmuré : « Si tu n'en as pas envie, mon petit, ne le fais pas. » Mais au moment où je la rencontre, moi, elle a manifestement changé d'avis : elle se promène dans les couloirs avec une badine de buis bénit, et ce qu'on n'a pas envie de faire, on le fait quand même). André tient ce home d'enfants pour un paradis, sa fille aînée y passe un mois chaque été, si bien que Simone n'hésite pas une seconde à y envoyer ses anges — pendant ce temps-là, elle pourra sans souci refaire avec André le voyage à Venise, tellement raté jadis pendant sa lune de miel. Une photographie les immortalisera tempe contre tempe dans une gondole, derrière eux un gondolier en chemise blanche chante O sole mio — si ça n'est pas l'amour ça y ressemble.

(C'est là que commence pour toi, semble-t-il, l'expérience dite « du tiroir ». A certains moments de ta vie, à compter de ce jour et jusqu'à maintenant, tu as le sentiment d'abord terrifiant puis familier qu'on te range dans une espèce de tiroir mental, volume paral-

lélépipédique d'oubli où l'on te repousse à son gré pour t'en ressortir plus tard sans la moindre marque d'animosité : ce n'est pas par brimade ou mesure de rétorsion qu'on t'a mise là, tu n'as rien fait qui puisse les justifier. Non, simplement on n'avait plus besoin de toi, on avait autre chose à faire, on voulait la paix, alors on t'a fait disparaître. Ce qui est effrayant dans ce tiroir, c'est que tu n'existes plus, tu n'as plus de nom, plus d'identité, tu es dans le noir comme une vieille chaussette même pas appariée. Enfant, tu luttes contre cette certitude infernale qu'à un moment *x* (dont la durée est variable) personne, absolument personne, ne pense à toi. Quand ta mère rentre de Venise et toi de colonie, tu as la surprise de l'entendre raconter que, prise de panique au sommet de la grande roue où elle avait pris place avec André, elle a, juste avant de s'évanouir, croyant sa dernière heure venue, crié ton prénom et celui de ta sœur. Tu n'en reviens pas. Tu élabores alors la formule de ton cogito personnel : elle pense à moi, donc je suis. Le Prince Charmant, ces années-là, se définit pareillement : c'est un homme qui t'appellerait au moment de mourir, quelqu'un dont le dernier mot serait ton nom. Adulte, tu entends toujours régulièrement le bruit de ce tiroir. Quand tu étais enceinte de Philippe, ta mère, voyant monter ton angoisse, te donnait les conseils qu'elle tenait elle-même de sa grand-mère et de sa mère : surtout, quand le bébé sera là, ne pas le prendre dans les bras chaque fois qu'il crie. Le laisser s'époumoner, il finira bien par se calmer tout seul. Si

176

nécessaire, le mettre à l'écart dans une chambre pour pouvoir dormir tranquille. Le bébé ne doit surtout pas s'imaginer qu'il n'y a qu'à demander. Tu n'as pas eu à suivre ces recommandations — la mort s'est chargée de claquer le tiroir. Mais tu ne peux pas entendre à la radio sans défaillir l'histoire de ces parents japonais qui, pour aller danser en boîte un soir de réveillon, ont déposé dans une consigne automatique leur bébé de trois mois.)

En Suisse, je couche dans un dortoir, les lits sont très bas, métalliques, nous avons un casier pour nos affaires, avec une clef. Au début, ma sœur est avec moi, puis, dès le troisième jour, elle va, à la demande de celle-ci, qui s'ennuie toute seule, rejoindre Bénédicte, la fille aînée d'André, dans une vaste chambre indépendante où elle dort et joue sous la surveillance d'une nurse allemande. Tirée du néant collectif par ce statut inespéré d'enfant de compagnie, ma sœur, dont je tenais la main dans le noir en lui demandant si nous reverrions maman un jour, qu'elle me le jure, ma sœur disparaît à son tour dans une vie inconnue. Je l'aperçois de loin en loin jouant au cerf-volant avec Bénédicte sur la pelouse, la nurse, en tablier blanc, court chercher le jouet et le rapporte, elles crient de joie ; ou encore, sur un banc du réfectoire où l'on m'oblige à avaler de la semoule, je les vois, dans une petite salle à l'écart, s'empiffrer de tarte

177

aux fraises, et je ne comprends pas de quoi on me punit. La seule chose que Bénédicte et Claude fassent avec nous autres, mais de loin, ce sont les prières. Il y en a beaucoup, six ou sept par jour, avant et après chaque repas, debout à table, et une dernière le soir, à genoux près du lit, pour remercier Dieu de sa justice. Je ne connais que le Notre Père, les autres paroles m'échappent et sont si mystérieuses que j'en oublie de remuer les lèvres — le fruit de vos entrailles, par exemple, est-ce que ça se mange ? Est-ce que c'est meilleur que la semoule ? —, de sorte qu'une monitrice s'en rend compte, m'interroge, et, à mon aveu d'ignorance, s'étonne : de quelle paroisse est-ce que je sors donc, pour ne pas même connaître la prière à la Sainte Vierge ? Je réponds que d'abord la Sainte Vierge n'était ni sainte ni vierge, c'est mon père qui me l'a dit, ce n'est qu'une légende, un peu comme le père Noël ou les cloches de Pâques, il n'y a que les catholiques pour y croire, et moi — je bafouille de défi et de chagrin devant l'air outragé de mon interlocutrice —, moi…, moi…, je suis PROTESTANTE. Au milieu de ma détresse, je jouis un instant de sa consternation, puis j'ajoute — j'hésite à peine à la balancer car la veille, l'ayant croisée dans un couloir, moi au milieu du troupeau, elle, seule, croquant du chocolat suisse, je me suis accrochée à son bras en sanglotant :

« Claude, Claude, reste avec moi, je t'en supplie Claude, ne t'en va pas, je t'aime, Claude, je
t'aime », et elle ne m'a même pas regardée, on
aurait dit qu'elle ne me connaissait pas, « ce
n'est pas moi, expliquait-elle à sœur Clotilde
attirée par mes cris, ce n'est pas moi, c'est
elle » —, donc j'ajoute : « Et ma sœur aussi. »

On m'entoure, mes camarades soudain sérieuses, les monitrices d'abord incrédules puis
énervées comme des grenouilles, on me ques-
tionne, on m'observe, on s'émerveille, comment
peut-on être protestant ? Au vu de ce désordre,
un fol espoir me fait soudain trembler : si on
allait nous renvoyer ? Mais non. On m'autorise
gentiment à ne pas réciter les prières que
j'ignore, on me dit que Dieu est Amour, et l'on
célèbre la bonté œcuménique de sœur Clotilde
qui accueille en son sein des hérétiques — je
voudrais protester, rétablir la vérité (la vérité,
c'est seulement qu'André couche avec maman).
Mais personne n'entend. Ma mère n'accourt
pas me soustraire aux méchants, mon père ne
vient pas m'arracher aux papistes, ma sœur dit
à tout le monde qu'elle est fille unique. Quant
à Dieu, s'il est Amour, il reste sourd à qui n'a
pas les mots pour l'implorer. De toute façon, le
temps que son règne arrive, je serai morte.

Personne ne m'aime.

Alors je pleure. Je pleure tout le temps, je
pleure chaque jour que le bon Dieu fait. Je

pleure dans la semoule, dans le riz au lait, dans le potage aux lentilles. Je pleure sur mes dessins, mes tricotins, ma pâte à modeler. Je pleure devant les autres filles, devant les monitrices, devant sœur Clotilde, devant ma sœur qui ne voit jamais rien venir, le soleil poudroie, l'herbe à vaches verdoie et moi je meurs, je suis en train de mourir, je n'ai même pas de frère pour me sauver, je lève les yeux vers une petite statue de la Vierge, je meurs, est-ce que ça regarde quelqu'un ? elle a un vague sourire ailleurs, je pleure, ma mère, pourquoi m'as-tu abandonnée ?

Personne ne m'aide.

Alors je pisse. Je pisse toutes les nuits, je fais des auréoles sur le matelas, mon Dieu pardonnez-nous nos offenses, je me réveille dans les draps froids, chaque nuit je fais mentir la phrase fétiche de mon arrière-grand-mère-opérée-sans-anesthésie-ça-vous-forge-le-caractère, une phrase des corons de là-haut où je n'irai jamais, d'un pays d'hommes noirs où l'on n'aime pas plus les bas-bleus que les pisseuses, c'est sûr, je fais mentir Sophie qui, visage de plomb au moindre caprice (ce luxe), disait en se détournant : « Eh bien pleure, va, tu pisseras moins », je prouve le contraire, moi, je suis la preuve à demi morte du contraire : plus je pleure le jour, plus je pisse la nuit ; plus je pisse la nuit, plus je pleure le jour. J'essaie de ne pas dormir pour tenter d'inverser le processus, pleurer la nuit et pisser le jour, mais peine perdue ! Je me liquéfie, je ruisselle de peur et d'angoisse, je n'ai plus que de l'eau dans les veines, je vais mourir ainsi, sang de navet, oubliée dans la pisse et les larmes, liquidée.

Dieu soit loué, il y a le jour du courrier : deux fois par semaine, l'après-midi, on écrit aux parents, à la famille. Comme je n'ai que six ans, je dicte à une monitrice, assise en face de moi, le texte à écrire sur une carte postale représentant des vaches dans un pâturage. Je dicte d'une traite, sans m'arrêter, maman viens me chercher je t'en supplie sinon je vais mourir maman viens tout de suite je suis trop malheureuse je suis toute seule la nuit je t'aime maman chérie viens je t'attends viens vite. La monitrice trace les lettres devant moi, puis elle me donne la carte à signer, elle m'épelle les lettres de mon prénom mais je préfère mon surnom, le petit nom d'amour que ma mère me donne, je sais l'écrire, Lolo, c'est facile, et puis ainsi je suis sûre qu'elle me reconnaîtra, je signe Lolo — ta petite Lolo — avec des cœurs autour.

Des années après, fouillant dans les tiroirs, à la maison, un après-midi désœuvré, je suis tombée sur ces cartes postales dictées autrefois, je les ai reconnues tout de suite — l'éboulis dans ma poitrine à leur seule vue. Le texte disait : Chère maman, cher papa, il fait très beau ici, virgule,

181

je mange bien, virgule, je m'amuse bien, virgule, j'espère que vous vous portez bien, virgule, je pense à vous et vous embrasse très fort. ♥ Lolo ♥

De ces vacances en Suisse, j'ai tiré deux enseignements. Le premier, c'est qu'on n'en meurt pas. Toujours je me suis appliqué cette évidence comme un baume (et enfoncé comme un poignard aussi, quand mourir, justement, j'aurais bien voulu) : plaie d'amour n'est pas mortelle. « Tu n'en mourras pas », m'ont dit quelquefois des petits amis peu fidèles, jadis ; je souriais, je le savais bien. Ce n'est pas de ça qu'on meurt (on meurt parce qu'on ne peut s'empêcher de mourir).

La deuxième chose que j'ai apprise, en Suisse, c'est qu'écrire est un acte personnel et solitaire, un geste qui ne supporte que la dictée de soi-même, et que par conséquent il ne faut jamais, jamais laisser personne le faire pour vous.

— Ce qui est sûr, c'est que si elle me quitte, je ne la laisserai pas partir avec Alice, alors là, pas question, c'est ma fille et…

J'étais rentrée plus tôt que d'habitude, Julien était au téléphone à l'étage, j'avais décroché tout doucement le combiné dans le bureau parce que j'avais envie de savoir ce qu'il racontait à sa maîtresse (car il avait une maîtresse, j'en étais certaine, même si depuis des mois il posait au mari bafoué). Or, ce n'était pas sa maîtresse, c'était sa mère — difficile de ne pas reconnaître aussitôt la voix suraiguë de Marie-Thérèse ; mais j'avais aussi envie de savoir ce qu'il racontait à sa mère — ce que sa mère lui racontait, plutôt, en l'occurrence :

— Mais tu n'auras même pas besoin d'insister pour avoir la garde, mon pauvre, tu es bien naïf : ta femme n'a jamais pu aimer personne d'autre qu'elle-même, c'est évident, bien qu'il t'ait fallu près de vingt ans pour t'en rendre compte. Souviens-toi de la naissance d'Alice : est-ce qu'elle avait l'air d'une mère heureuse, d'une femme qui vient d'avoir un bébé qu'elle aime ? Non, trois fois n...

— Oui, mais ça c'était à cause du petit, elle a eu une grossesse très angoissée, ça l'avait traumatisée, malgré tout, l'année précédente, la mort de Philippe...

— Oui oui, d'accord, mais bon, ça n'est pas la fin du monde non plus ! Comme si elle était la seule à avoir eu du chagrin... En tout cas, souviens-toi comme elle n'arrêtait pas de lire des bouquins les premières semaines, Laurence Pernoud et Cie, même en plein milieu de la nuit, pour savoir ce qu'il fallait faire, PARCE QU'ELLE NE SAVAIT PAS, elle n'avait pas assez d'amour en elle pour trouver les mots, les gestes, c'est tout — ah ça, on a beau être une intello, l'amour ne s'apprend pas dans les livres ! Non, mon Juju, il faut te faire une raison : une imposture, voilà ce que c'est, UNE IMPOSTURE. Alors bon, elle va peut-être réclamer la garde pour la galerie, mais comment veux-tu que ça marche ? Au bout de deux ou trois mois, elle en aura marre : c'est qu'un enfant, ça gêne pour se regarder le nombril, ça vous remet en question. Même le petit livre qu'elle a écrit sur Philippe, tu veux que je te dise, c'est de la frime, c'est « Voyez comme je souffre », elle met tout sur le dos des autres — tu crois que je n'ai pas vu l'allusion à moi quand elle parle des gens qui ne l'ont pas consolée : elle ramène tout à elle, non, vraiment, l'imposture de A à Z ! Tu as toujours mal choisi, mon pauvre chéri, tu es aveuglé par je ne sais quoi, mais bon, je suis là, je t'aiderai à t'en sortir.

Julien a poussé un gros soupir.

— Et puis tu sais, si ça se passe comme tu le dis, qu'elle couche avec n'importe qui, des gens du cinéma, du show-biz, elle va finir par attraper le sida, ça ne va pas faire un pli.

Il y a eu un silence des deux côtés.

— Tu ne crois pas ? a dit Marie-Thérèse.

J'ai raccroché. Quinze secondes plus tard, Julien est descendu, tu écoutais ? a-t-il demandé, j'ai dit oui. Il a eu une grimace gênée : — En tout cas, tu as pu voir que je te défendais… — Mollement, ai-je répondu, très mollement. Mais ça ne fait rien.

Le masque de ciment était de retour, je le sentais prendre, mon visage durcissait, mon cœur, toute la région du cœur, je me bétonnais à vitesse grand V.

— Mais je n'en peux plus, moi, je n'en peux plus, tu comprends : j'appelle ma mère parce que tu n'es plus là, parce que je suis tout seul, je ne sais plus quoi faire, moi — il s'est assis, la tête dans les mains, secoué de spasmes nerveux —, je ne sais vraiment plus. J'ai tout essayé, la patience, la compréhension, la douceur, j'étais même décidé à te laisser aller jusqu'au bout de cette histoire de merde en me disant que tu finirais par te rendre compte, mais ça n'a pas l'air, tu es ailleurs, ce n'est plus toi, plus celle que j'ai connue, je ne te retrouve pas.

— Tu me l'as déjà dit.

Il a relevé la tête, des larmes coulaient sur ses joues (tu pisseras moins) :

— Alors explique-moi, dis-moi pourquoi : qu'est-ce que j'ai raté, qu'est-ce qui ne va pas, qu'est-ce que tu veux que je fasse, tu veux que je crève, c'est ce que tu veux ? Demande-le-moi, et je le fais : je peux mourir pour toi, tu sais, parce que je t'aime, combien de fois dois-je te le répéter, je t'aime, je t'ai aimée dès le premier regard, « Ce fut comme une apparition », l'amphi Cauchy, tu n'as pas oublié, tout de même ? Il m'a pris la main, « et il contemplait l'entrelacs de ses veines, les grains de sa peau, la forme de ses doigts. Chacun de ses doigts était, pour lui, plus qu'une chose, presque une personne », ça ne te rappelle rien ? Je pense à toi tout le temps, tu sais, est-ce que tu te rends bien compte de ce que c'est, tout le temps ? Je voudrais que tu m'aimes, que tu m'aimes comme avant, hein, pas tes histoires de frère, j'en ai rien à foutre d'être ton frère, moi, je suis ton mari, « LE mari », alors vas-y, explique-moi, dis-moi ce que je dois faire, s'il te plaît, dis-le-moi, bordel !

Je n'ai pas répondu, qu'est-ce que j'aurais pu dire ? Ce qu'il faut faire ? Je ne sais pas — rien. Pas mourir, en tout cas. Tu as toujours mélangé les deux, Julien, l'amour, la mort, tu crois que mourir est le seul moyen d'être aimé. Mais non, même pas. Il n'y a rien à faire pour être aimé, rien : ni un discours, ni une scène, ni un livre — ni même un enfant, ni même l'amour. C'est une chance parce qu'il n'y a rien à faire — on peut s'asseoir dans l'herbe et se contenter d'être —, et c'est triste à mourir, parce qu'il n'y a rien qui puisse être fait.

Un peu plus tard, le soir, j'étais dans le bain avec Alice, Julien a passé la tête par l'embrasure, ah vous êtes là ! Je suis sortie presque aussitôt de la baignoire, j'ai descendu la moitié de l'escalier, il était en train de téléphoner, oui ma belle, d'accord, heureusement que tu es là, mon ange, tu sais que tu es mon ange, je pense à toi tout le temps, hier j'ai pensé à toi, ce soir, cette nuit, je penserai à toi, tu veux savoir à quoi en particulier ? à — ce n'était pas sa mère, cette fois.

Je me suis assise sur une marche, glacée dans ma serviette humide. Les mots sont les mêmes. Vrais ou faux, les mots sont les mêmes. Et les gestes. Il vaut mieux ne pas y penser — à quel point c'est pareil, quand on regarde. Fougueux est le baiser, passionnée la caresse, amoureuse la langue — comment faire le départ ? Je venais de voir *Irréversible* : le film n'est pas génial, mais il y a un détail pétrifiant, à un moment, qui me revient sans cesse : à la fin de la scène de viol — un plan d'au moins dix minutes, difficile à soutenir du regard —, le violeur, qui va ensuite défigurer sa victime à coups de pied, a envers elle un geste tendre, une sorte de câlin dans le cou, juste après jouir, ça ne dure qu'une seconde, c'est très fugitif, mais c'est là, on dirait de la reconnaissance, si on ne voyait que cette image-là, on jurerait de l'amour.

Les gestes sont les mêmes. Et les mots, me disais-je, gelée, dans l'escalier. Les mots d'amour sont les mêmes, avec ou sans l'amour. Car non seulement j'entendais Julien répéter à une autre les paroles qu'il m'avait dites peu avant, mais ces paroles, je les avais moi-même entendues la veille dans la bouche de Jacques — les mêmes, au téléphone : « Je pense à vous tout le temps, vous savez, je penserai à vous cette nuit dans mes rêves. » Voilà la nouvelle mode, ironisais-je malgré moi, transie de froid : la pensée amoureuse. C'est fini, « je t'aime », ça n'a plus cours, bientôt c'est une phrase qui va disparaître, ou qui survivra mais datée, avec son petit côté désuet dont on pourra jouer, et qu'on pourra relancer périodiquement, remettre au goût du jour, un peu comme « épatant » ou « ça boume ». Ce que j'ai pu détester ce verbe, au début : *penser*, lâche substitut d'*aimer*, partout je n'entendais plus que lui. Je me souvenais que, le premier soir, Jacques avait dit : je vous aime, plusieurs fois, je vous aime, Camille — ce prénom, c'est comme s'il l'avait trouvé pour moi, comme s'il m'avait nommée, enfin, de mon nom vrai, comme s'il me donnait, lui, ce nom que je m'étais donné, il fallait bien que quelqu'un m'en baptise, et c'était lui — je vous aime, Camille, la première fois, et plus jamais ensuite : je pense à vous, j'ai pensé à vous, je penserai à vous — il est vrai que c'est plus simple à conjuguer sans drame à tous les temps, tandis qu'*aimer*, à part le présent… Quel désastre, ce mot, au début, une vraie torpille, un de ces mots fourre-tout pour ne rien dire qui vaille : je pense à vous, comme au bas des cartes postales, je détestais, est-ce qu'on pense à moi comme on pense à acheter du pain ? mais aussi, après tout, est-ce qu'on m'aime comme on aime les fraises ? Alors, au fil des mois, j'ai accepté cette pensée de lui à moi, ce pansement qu'il mettait sur l'absence, ce soin qu'il prenait ainsi de moi, même de loin, après tout c'était peut-être ça, l'amour : avoir toujours en soi le soin de l'autre ? c'était peut-être mieux, au fond, *penser* au lieu d'*aimer*, plus juste : ne jamais employer de mots « plus grands que les choses », règle d'or du classicisme.

Et quand Ruy Blas dit à la Reine : « Je pense à vous comme l'aveugle au jour », n'est-ce pas de l'amour ?

Je ne pouvais plus quitter cette marche, j'étais là comme perchée sur la branche d'un arbre dont je n'apercevais ni les racines ni le faîte, les feuilles me cachaient tout, leur bruissement m'étourdissait, je t'aime, je pense à toi, mon amour, ma chérie, mon ange, ma belle, bellissima, darling, j'entendais Alice clapoter dans son bain, Julien murmurer au téléphone. Que devient l'amour dont on ne dit plus les mots, que devient l'amour qu'on ne fait plus ? Est-ce qu'on le fait ailleurs, semblable, est-ce que c'est la même chose ailleurs, est-ce que c'est le même amour, moi ou l'autre, l'autre ou toi, *je t'aime*, est-ce que c'est le même son, le même sens, *je t'aime* et *je pense à toi*, est-ce que c'est pareil, est-ce qu'on pèse ses mots, est-ce qu'on dit la même chose en le disant, est-ce qu'on a la même voix — un peu comme ces scientifiques qui se demandent si on voit tous la même couleur quand on dit « rouge », « bleu », « vert », est-ce qu'on éprouve à l'identique le corps, la pensée, l'amour ? Ou est-ce différent pour chacun selon ce qu'il a vécu, lu, senti — un agrégat particulier de choses vues et entendues, de mots et d'images — si différent qu'on ne peut pas se comprendre, toi et moi, puisque je ne verrai jamais ni le vert ni le bleu par tes yeux ? Je pense à toi, à vous, je pense à nous, est-ce que c'est la même pensée, à quoi penses-tu, pense à moi, je ne pense qu'à vous, pensez à m'appeler, pensez à m'appeler Camille, ne m'oubliez pas, as-tu pensé à moi, je ne pense qu'à ça, j'y pense et puis j'oublie, c'est la vie c'est la vie.

— Maman, a hurlé Alice dans son bain, tu m'oublies ?

Quand Alice est née, j'ai pensé m'enfuir — j'ai vu la scène quantité de fois, les nuits d'insomnie : je rassemblais des livres et deux ou trois vêtements dans un sac, tirais le maximum d'argent à un guichet automatique, achetais un billet pour l'Écosse, où je m'enfuyais sous un nom inventé, m'enfouissais. Pourquoi l'Écosse, je ne sais pas, mais c'est toujours revenu, chaque fois que j'ai vu la scène elle se passait là, je reconnaissais ces vastes landes fleuries de mauve qu'on appelle les *moors*, solitaires mais pas désolées, qui s'étendent le long de routes étroites où l'on ne peut pas se croiser, ça se passait là, j'arrivais là et j'y restais, personne ne savait rien. J'y parlais à demi une langue étrangère, moitié obscure moitié claire, j'y étais à la fois entendue et incomprise, je pouvais demander de quoi vivre sans avoir à dire pourquoi je vivais, ce que je faisais là, I don't understand, what do you mean ? May I have some wine, please ? Ça a commencé la première nuit, à la clinique où j'avais accouché l'après-midi, Alice dormait à côté de moi dans un berceau en plastique transparent, je voyais la forme de son corps dont le mystère me tenait éveillée, la pièce tout entière a baigné jusqu'au matin dans une peur bleue. Je ne comprenais pas comment Julien avait pu trouver le sommeil, dans quel bonheur ou dans quelle inconscience il avait puisé : en chien de fusil sur une banquette, il dormait en ronflant légèrement, je me disais « mais comment est-ce possible, comment fait-il, comment n'est-il pas ivre de terreur ? », je l'ai regardé dormir lui aussi, quelle insouciance, quel oubli, il s'abandonnait au sommeil, voilà, il abandonnait alors qu'il fallait faire le guet, marcher sans fin sur le chemin de ronde en haut de la tour d'angoisse que nous avions bâtie nous-mêmes, les fous, et dont rien, plus jamais rien au monde, ne pourrait me faire redescendre ; et je n'étais plus la princesse, oh non, moi qui pourtant aurais tout donné pour dormir cent ans, j'étais la sentinelle, voilà ce que j'étais devenue en l'espace d'une nuit, le guetteur anxieux d'un horizon d'où pouvait surgir à tout moment le cri, le danger, la mort, le veilleur qui devrait alors sonner l'alerte sans attendre, agir sans faillir, savoir. Comment dormir quand il faudrait répondre à l'urgence, aucun délai n'était permis, le moindre assoupissement serait fatal — ne pas dormir, surtout ne pas s'endormir sur les lauriers de la naissance, je n'irai plus au bois dormant. Je n'ai pas eu à lutter, la première nuit : le sommeil appartenait au passé, à l'enfance, au paradis, je ne pouvais plus, j'ai regardé le jour se lever. Les nuits qui ont suivi, ça a été pareil, on dit que les vraies insomnies n'existent pas, qu'il y a toujours un moment où l'on s'endort, j'aurais bien voulu, mais les nuits sont passées sur mes yeux ouverts, des nuits entières en haut de la tour, l'œil collé à la meurtrière — qu'on ne me demande pas de me reposer, « reposez-vous », conseillaient les manuels pratiques, mais pas question, je connaissais la fin de l'histoire, les yeux fermés je connaissais, Philippe, je ne les ai même pas vus, ses yeux, la mort est aveugle.

La troisième nuit, j'ai su que je ne pourrais pas, que j'allais sombrer dans le sommeil comme on se jette dans le vide, sans avoir le temps d'y penser, et sans retour — je me souvenais de ce toboggan qu'on dévale, moi qui ai tellement

dormi, enfant, combien de fois me suis-je réveillée dans des dortoirs vides, à l'école, tout le
monde s'était levé à grand fracas sans me tirer
du sommeil, et plus tard il y a eu les longues
siestes, les comas oublieux, les néants, bonheur
malheur, j'ai toujours dormi, « tu dors comme
un bébé », disait ma mère.

La troisième nuit, c'est arrivé, j'ai senti que je
ne pourrais pas lutter, j'étais la chèvre de
M. Seguin, c'était perdu d'avance — j'allais
dormir et il n'y aurait plus personne au guet,
personne pour répondre au cri, au danger, à
l'appel, j'allais fermer les yeux et le monde
allait mourir, le monde et Alice, le noir allait
me la prendre, le piège se refermait, sonnez les
matines, dehors un palmier berçait son ombre,
on devinait des roses — il faut que l'herbe
pousse et que les enfants meurent, Alice s'agi-
tait dans son berceau, Julien dormait prêt à
sauter sur ses pieds, je le savais, mais moi je ne
pouvais plus, plus de répondant, plus de responsable, plus de réponse, je ne pouvais plus
répondre, être responsable, répondre de sa vie,
je ne répondais plus de rien, ni d'elle ni de moi,
il n'y avait pas de réponse, je n'avais pas la réponse, do you love me ? what do you mean, I'm
sorry, I don't understand. Alors j'ai déserté, j'ai
quitté le guet, je me suis enfuie dans les moors
(ne plus penser à rien, tout oublier) — j'aurais
pu faire semblant, faire un effort, faire illusion,

affirmer que je n'avais pas quitté mon poste, bon pied bon œil, ils n'y auraient vu que du feu, tous, mais je ne voulais pas, au contraire, je voulais qu'on sache, qu'on me remplace, qu'on mette quelqu'un à ma place, qu'on le fasse pour moi — Julien, sa mère, n'importe qui, quelqu'un qui sache, quelqu'un qui puisse répondre, un responsable.

Je n'ai pas été de ces mères qui sentent l'amour les bouleverser dès qu'elles prennent l'enfant dans leurs bras, sur leur ventre, j'avais trop peur. Je n'ai pas été de ces mères sur qui on peut se reposer parce qu'elles se reposent elles-mêmes sur l'amour, ça n'a pas été de tout repos, l'amour, pour moi, je n'ai pas eu la grâce, c'est venu de loin, ça a fait le trajet, ça a mis le temps, c'est passé comme au travers de couches géologiques qu'auraient formées le passé, l'enfance, la peur, ça a filtré goutte à goutte à travers ces épaisseurs, je ne peux pas dire combien de temps, des semaines, des mois, ce que je sais c'est qu'un jour c'est arrivé à l'air libre, ça a fendu les glaciers et les roches pour jaillir fluide et frais, ça a traversé les terres, les mousses, et là d'un coup ça a chanté, ça gazouillait comme pigeons dans le bois, soudain, un vrai printemps, la fonte des neiges, et depuis ça n'a pas cessé, j'ai embrassé l'aube d'été, j'en ris encore, ça roule, l'amour, ça roucoule, c'est une eau vive et j'en vis, ça coule de source, l'amour.

« Je pourrais mourir pour toi », Julien répète cette phrase sans cesse. Est-ce la meilleure preuve d'amour, son signe irréfutable ? Aimer, c'est pouvoir mourir, c'est préférer un autre à la vie ? Peut-être. Moi, je pourrais mourir pour Alice, c'est la seule, je ferais ça pour elle. Étrangement, la première pièce que Julien a mise en scène, autrefois, et dans laquelle je tenais le rôle-titre, posait cette question-là : c'était *Alceste*, d'Euripide. L'histoire en est cruelle. Admète, condamné par les Parques, obtient grâce à Apollon d'échapper au trépas à condition de trouver quelqu'un qui veuille bien mourir à sa place. Il demande à ses vieux parents, qui refusent avec indignation : « Tu es heureux de voir le jour. Penses-tu que ton père en jouisse moins ? Chacun n'a qu'une vie, et ne peut compter sur une autre. » Seule sa femme, Alceste, accepte et meurt pour lui, mais c'est moins par piété conjugale que par orgueil amer — « parce qu'elle ne l'aime plus, disait Julien en marchant à grands pas sur la scène, vous comprenez : c'est par dépit qu'elle meurt, par usure, pas par amour ; elle est fatiguée, tu vois, ajoutait-il en se tournant vers moi. D'ailleurs, elle lui fait promettre de ne pas se remarier : elle veut bien mourir, mais pas question que le mec soit heureux sans elle. "Adieu ! Et soyez fiers, toi, mon mari, d'avoir choisi une femme excel-

lente, vous, mes enfants, d'être issus d'une
bonne mère." » Quant à Admète, il a beau protester de son éternel amour, il ne l'en laisse pas
moins mourir pour lui, assistant lâchement à
son sacrifice — « l'ordure parfaite, le faux cul
de première ». C'est une tragédie sur la généalogie de l'amour, l'arbre amoureux de l'enfance à la vieillesse — on avait peint un grand
arbre qui prenait tout le fond de la scène.
L'amour y apparaît comme un don de l'enfance,
un don volatil, éphémère : « Malheur à moi !
maman sous la terre est partie. Écoute, mère,
réponds-moi car je te prie, penché sur la face,
moi ton petit oiseau. Ah ! que je souffre, et toi,
petite sœur, que tu souffres avec moi », s'écrie
Eumélos en pleurant. Mais cet amour lui-même,
si sincère qu'il soit, est fondé sur l'égoïsme et
le besoin : « Elle m'abandonne et me laisse
orphelin », gémit l'enfant. Ensuite, le sentiment
se dégrade, et pour finir, il n'y en a plus trace :
vient le moment où l'on tient plus à la vie qu'à
quiconque, vient le temps où l'on n'a plus rien
à donner, où l'on ne veut plus rien faire pour
l'autre — après avoir tant fait pour lui (« après
tout ce que j'ai fait pour toi », regret de parents)
il y a une chose qu'on ne fera pas, c'est mourir.
Il n'y a plus de lien, celui des commencements
s'est cassé, usé, rompu, l'amour ne s'adresse plus
qu'à soi-même, à son propre cœur qui bat : on
n'aime plus personne, on ne désire plus per-

sonne, on ne défend plus personne ; on aime vivre, on veut vivre, on se bat pour vivre. L'amour vieillit mal, pour Euripide, il ne rime pas avec « toujours », il est soluble dans l'égoïsme et l'avidité, ce n'est pas le Cantique des cantiques — l'amour n'est pas fort comme la mort, sûrement pas ; il n'est même pas fort comme la vie.

— Tu es au courant ? me dit Julien entre deux portes, le 14 février : ce n'est plus la Saint-Valentin, la fête des amoureux…
— Ah bon ? Et c'est quand, maintenant ?
— Maintenant, c'est la Saint-Glinglin.

La dernière fois que j'ai vu Sophie, mon arrière-grand-mère, j'avais quinze ans, je n'avais pas encore fait l'amour mais c'était une question de jours. Elle était à l'hôpital pour un cancer du sein, quand on lui demandait ce qu'elle avait, elle répondait : « J'ai la maladie des vieux. » J'étais venue lui dire au revoir parce que je partais le lendemain en URSS avec ma classe tout le mois de juillet, et la remercier, aussi, parce que c'est elle qui avait payé le billet. Elle était là depuis trois semaines, on essayait sur elle tous les nouveaux traitements, je me souviens de la bombe au cobalt, à cause du bleu. Elle pleurait tous les jours, elle voulait rentrer chez elle, retourner dans sa chambre entre la fenêtre et l'armoire, qu'on arrête tout. Elle se plaignait beaucoup de son voisin de lit quand il était de sortie dans les couloirs, « un obsédé sexuel », disait-elle à l'infirmière qui ouvrait de grands yeux rieurs. C'était un octogénaire atteint d'une cirrhose du foie, qu'on avait mis là faute de place ; il avait un regard gris sombre, on voyait qu'il avait été beau, autrefois, on voyait aussi qu'il s'en souvenait. Ce jour-là, donc, tandis que j'attendais Sophie partie subir un nouvel examen, il avait extrait de dessous son oreiller un petit objet métallique de forme oblongue et m'avait demandé si je savais ce que c'était, non, avais-je dit. C'était un passe-lacet, « oui mademoiselle, un passe-lacet : je l'ai sur moi depuis soixante ans, voyez-vous. Vous savez à quoi ça servait, un passe-lacet, pour les hommes comme moi ? Eh bien ça servait à rhabiller les filles après l'amour, dans les années vingt, je vous parle… Elles portaient toutes des bottines lacées, et quand on n'avait pas beaucoup de temps ou que leur mère les attendait, hop, on les aidait à se rechausser ». À ce moment, Sophie est revenue, ses lèvres se sont pincées en découvrant le passe-lacet, visiblement son voisin le lui avait déjà montré, elle avait dû l'écouter sans broncher en étouffant des souvenirs, s'autorisant peut-être à souffrir, puisqu'elle était malade. « Et toi, ma poulette, qu'est-ce que tu racontes ? » m'a-t-elle dit en me faisant signe de déplier le paravent. Je ne pouvais pas lui raconter l'amour, le premier amour — il s'appelait Philippe, il avait dix-huit ans, dans d'autres livres je l'ai appelé Michel mais ce n'est plus possible non plus, il s'appelait Philippe, comme Philippe — elle n'aurait pas compris, elle aurait eu trop peur, aussi, de l'ombre que projette le passé des uns sur l'avenir des autres, des choses qui se répètent, des fautes. Un après-midi — c'était quelques mois avant sa maladie — elle était entrée sans bruit dans l'appartement de mes parents, comme elle devait le faire souvent en leur absence, elle n'avait qu'un étage à descendre, une porte à ouvrir. « Qu'est-ce que tu fais ?, m'avait-elle dit, surgissant soudain dans la salle à manger où, n'ayant cours qu'à trois heures, je lisais, assise à la table, tu es toute rouge. — Je lis, avais-je répondu, je m'avance pour l'école. » Elle avait hasardé un œil suspicieux sur le manuel de français que j'avais tout juste eu le temps d'ouvrir par-dessus ce que je lisais en effet, « Le jour n'est pas plus pur que le fond de mon cœur », avait-elle pu déchiffrer en haut de la page, « Racine, avais-je expliqué, Jean Racine », tout en me grattant négligemment le genou pour justifier ma jupe relevée haut sur les cuisses, « — Allons, dit Raphaël dont les désirs prodigieusement irrités paraissaient au point de ne plus pouvoir être contenus, il est temps d'immoler la victime ; que chacun de nous s'apprête à lui faire subir ses jouissances favorites. Et le malhonnête homme, m'ayant placée sur un sofa dans l'attitude propice à ses exécrables plaisirs, me faisant contenir par Antonin et Clément..., Raphaël, italien, moine et dépravé, se satisfait outrageusement, sans me faire cesser d'être vierge. Clément s'avance, irrité par le spectacle des infamies de son supérieur, bien plus encore par tout ce à quoi il s'est livré en l'observant. Il me fait mettre à genoux, et, se collant à moi dans cette posture, ses perfides passions s'exercent dans un lieu qui m'interdit pendant le sacrifice le pouvoir de me plaindre de son irrégularité ».

D'où vient l'amour en moi, quelle est sa forme ? Si je voulais répondre à cette question aujourd'hui — c'est un soir banal, il fait nuit, Julien et Alice dorment —, s'il est possible d'y répondre, je dirais ceci : l'amour en moi a la forme précise de cette superposition, j'en vois les strates comme pages empilées — l'amour est ce livre palimpseste, Sade sous Racine, plus une géologie qu'une généalogie, sédimentation de mots et d'images, couches de secrets et de temps, les unes cachant les autres sur lesquelles elles s'appuient, se fondant en s'augmentant, La Rochefoucauld sous Géraldy, les chemises de nuit en bure sous les déshabillés soyeux, la casquette sous le vison, les enfants morts sous les enfants vivants, un prénom pour un autre

— l'amour est ce livre de sable, ce manuscrit cent fois repris dont certaines lignes effacées ne seraient plus lisibles que par ceux qui les ont tracées, hiéroglyphes modestes et sacrés pour érudits ou chercheurs, curieux ou bas-bleus, langue étrangère et familière à la fois, parlée jadis et naguère, et dont on fait des romans comme on ferait des dictionnaires pour les patois qui vont mourir.

Cette même dernière fois où j'ai vu Sophie, à l'hôpital, il y avait autour de son lit un groupe d'internes en blouses blanches, entrés d'un air ennuyé, carnet en main, notant ce qu'énonçait le grand patron comme si elle n'était pas là, comme si morte, déjà morte, sourde, morte et enterrée, femme sénile, stade avancé, dégé-nérescence des tissus, elle cherchait dans ses phrases non pas des raisons d'espérer mais le moment où elle allait pouvoir respectueu-sement l'interrompre pour demander à rentrer chez elle, elle s'en fichait de mourir, mais chez elle, quand est-ce qu'on allait la laisser partir, évolution lente compte tenu de l'âge, métasta-ses au poumon. Je lui ai montré une lettre que j'avais reçue de ma correspondante à Lenin-grad, elle a tourné et retourné la feuille aux caractères cyrilliques, l'a tendue à l'un des in-ternes dont les beaux yeux inquiets ont survolé les lignes, désarmés, eh oui, sa petite-fille avait appris le russe, cette page-là elle pouvait la lire, la savante, qui parmi eux pouvait en faire autant, hein ? ça leur rivait le clou, à tous, là soudain, hein qu'ils n'y comprenaient rien, tout grands savants qu'ils étaient, mais sa petite-fille oui, et elle prenait l'avion le lendemain à Paris pour aller à Moscou — l'avion, Paris, Moscou, est-ce qu'on se rendait bien compte ? Ils avaient tous les yeux tournés vers elle à présent, l'avion, Paris, Moscou, alors elle s'était mise à pleurer, le nez dans le col de sa camisole, de gros sanglots d'enfant qui va partir toute seule et qu'on n'a guère aimée, les larmes coulaient sur cette langue étrangère que l'on parlait si loin, sa petite-fille s'en allait en Union soviétique, elle allait prendre l'avion et s'envoler vers des terres inconnues, je lui tapotais la main, je reprenais la lettre, elle pleurait, relevant la tête pour regarder enfin ce docteur qui pouvait tout pour elle, ma petite-fille s'en va demain en Union soviétique, vous savez — fière, puis humble —, et moi je voudrais rentrer à la maison.

C'est là qu'elle est morte, à peine arrivée, dans son lit entre la fenêtre qui donnait sur un mur et cette armoire en bois noir qu'elle voulait absolument me transmettre, dans laquelle j'ai rangé longtemps mes vêtements, mon journal intime entre deux pull-overs et toutes mes lectures interdites — je me souviens d'un *Guide des caresses* que nous avions commandé par correspondance sous un nom bidon, ma sœur et moi, puis récupéré en haut des boîtes à lettres. Dans cette armoire sont maintenant alignés, chez moi, du plus petit au plus grand, les dizaines de verres en cristal taillé dont j'ai hérité selon la volonté de ma grand-mère Marcelle, et dont je crois bien ne m'être jamais servie, jamais, non, même quand j'aurais pu, quand j'avais l'occasion de dresser une belle table, je les ai laissés à leur place sur les étagères, comme ma grand-mère avant moi, qui ne les sortait jamais du buffet même pour Noël, surtout pas pour Noël, avec tous ces enfants aux gestes brusques. Je crois que ces verres en quelque sorte n'existent pas, ils ne sont là que pour être transmis, c'est une tradition maternelle, un secret qu'on se raconterait de mère en fille mais qui se briserait sitôt exposé à la connaissance d'autrui, personne ne doit savoir, c'est privé — oui, ces verres sont comme une Idée de l'amour, un idéal : une belle forme à la beauté transparente, dont on ne saurait jouir sans la voir voler en éclats.

Après la mort de mon arrière-grand-mère, j'ai emménagé dans sa chambre, à l'étage au-dessus de chez nous. C'est l'époque où mes parents ont divorcé, mon père s'est installé ailleurs, ma grand-mère logeait à l'autre bout d'un immense couloir, j'étais libre. Philippe venait parfois dormir avec moi, il repartait à l'aube. On parlait de se marier, d'avoir deux ou trois enfants, de voyager, d'acheter une maison à la campagne — tout ce que j'ai fait ensuite, avec Julien. Il est le seul homme dont je me souvienne du premier « je t'aime » — les circonstances, l'inflexion de sa voix, sa réticence à le dire, sa confusion et la mienne, ma joie —, il est aussi le premier qui me l'ait dit. On a mis en commun ce don de l'adolescence, qui croit l'amour trop solide pour s'effriter, soluble dans rien — on écoutait Léo Ferré main dans la main, les yeux fermés, *Poètes vos papiers, Amour Anarchie, Avec le temps,* on croyait à la révolte mais pas au temps qui passe —, apanage de la jeunesse, ce peu de méfiance, cette ère sans soupçon dont on a peine à se souvenir plus tard, ce moment fugitif et beau où, écrit le duc, « on ne prévoit pas qu'on puisse cesser d'être heureux ».

On avait déjà cessé de l'être, pourtant, lorsqu'il m'a accompagnée dans cette clinique parisienne où j'ai avorté, sans savoir qu'au même moment ma mère, qui venait d'épouser André, renonçait une dernière fois à une dernière grossesse parce qu'elle avait passé quarante ans. Au médecin qui pratiquait sur moi l'IVG, j'ai expliqué que j'étais en hypokhâgne et que plus tard je voulais écrire des livres, j'ai cité Nietzsche, *Liberi AUT libri,* « des enfants ou des livres », j'avais quelque chose à dire à l'univers, aux enfants c'était moins sûr. « Pourquoi choisir ? m'a dit le médecin, vous n'êtes pas obligée de choisir. » J'avais refusé d'être anes-thésiée — « je vous préviens, ça va faire mal, c'est un peu comme un accouchement », m'a dit l'aide-soignante —, j'ai mordu ma main comme Sophie autrefois, pour m'empêcher de crier.

Ma grand-mère a été bien contente de me voir arriver chez elle, de sa vie elle n'avait jamais vécu seule. Elle fréquentait peu de monde, sor-tant principalement pour s'acheter les robes, bijoux et crèmes de soins qu'elle continuait à accumuler malgré la mort de Marcel, « je me demande à qui elle veut plaire », disait parfois mon père pour qui la coutume d'immoler les veuves sur le bûcher de leur défunt mari avait été sottement ignorée par Luther et Calvin. Son activité principale consistait à tenir en ordre une maison où plus personne ne mettait de dé-sordre. Tous les matins, de bonne heure, elle s'occupait de son ménage. Aussi loin que je re-monte, je l'ai toujours vue un chiffon à la main, comme je ne peux me représenter mon arrière-grand-mère qu'une aiguille entre les doigts. Celle-ci cherchait perpétuellement à réparer ce que le temps avait usé, celle-là aspirait à empê-cher les choses de s'abîmer, de se ternir. L'une comblait les trous faits par l'usure dans la trame du tissu, l'autre balayait avec application tout ce qui empêchait la beauté d'exister et le parquet de briller comme des yeux d'amants. Pour Sophie, le mal était fait, il n'y avait qu'à réparer vaille que vaille, qu'à reprendre maille à maille ce qui pouvait encore l'être. Pour Marcelle, le mal guettait, certes, elle en avait eu quelques aperçus, mais elle ne le laisserait pas triompher — il suffit de nettoyer, de briquer. Elle faisait le ménage comme on peut faire l'amour après une dispute, pour tout effacer, repartir à zéro. Chaque matin, elle reprenait donc sa démarche combattante : frotter, astiquer, faire reluire verres et meubles, parquets et couverts, miroirs et vitres, poignées de portes, ferrures, dorures, pieds de lampes, carreaux, cuivres, étains. Elle montait sur une chaise pour atteindre le haut des armoires, sur un escabeau pour les tringles à rideaux, les cadres, les lustres, elle disposait d'une tête-de-loup à très long manche afin d'accéder aux toiles d'araignée des plafonds, des recoins, des ombres. Quand, à dix ans, je lui ai raconté ce que me faisait l'oncle Albert, elle s'est à peine interrompue une minute pour m'enjoindre le silence puis elle a repris son balai : enlever tout *ça*, cette saleté, cette crasse, effacer *ça*, faire que *ça* n'existe pas, que *ça* n'ait jamais existé, et si *ça* revient on l'effacera de nouveau, on passera l'éponge (de toute façon, ils ne pensent qu'à *ça*). Faire que tout brille comme un sou neuf, que tout soit comme neuf, nouveau, vierge, faire que la destruction et la violence et la mort n'aient de prise ni sur le décor ni sur elle, voilà. Tous les matins, elle enlevait donc la poussière, le moindre grain jouant dans le soleil, elle effaçait à ses propres yeux la saleté continuelle du monde, pfft, jamais découragée par l'éternel retour, d'un geste de la main elle effaçait tout, c'était beau, ça resterait beau. Chaque jour, quand j'écris, quand je vois ma main crispée sur le stylo, le pouce et l'index formant un cercle au-delà duquel, si je m'y penche comme à une margelle, je distingue, sous la paroi pierreuse des phalanges, le fond lointain d'un puits où je peine à m'apercevoir, alors je pense à elle, Marcelle, ma grand-mère, image tremblante au reflet du souvenir, qui effaçait chaque matin la poussière qu'elle est devenue.

Une fois installée chez elle, j'avais pris l'habitude, le soir, à l'heure du coucher, de lui faire la lecture. Elle se mettait au lit, sa charlotte sur la tête, son dentier dans un verre, sa couverture chauffante remontée jusqu'à la poitrine — elle portait sur les épaules, hiver comme été, pardessus sa chemise de nuit, ce vêtement court en tricot ajouré qu'on appelle une liseuse. Au début, c'est elle qui choisissait, elle achetait des romans par correspondance. Je lui ai lu *La Bicyclette bleue*, Guy des Cars, Françoise Sagan, elle prenait un air embarrassé quand il y avait des scènes un peu osées, « je ne savais pas que c'était

un livre *borno*, excuse-moi ». En terminale, je lui
ai proposé de lui lire les œuvres au programme,
elle a dit d'accord, heureuse de pouvoir
m'aider. Je lui ai lu *La Princesse de Clèves*, *Le Lys
dans la vallée*, *L'Éducation sentimentale* en sautant
les descriptions et les passages politiques, qui
l'ennuyaient, elle n'aimait que les histoires
d'amour. Quelquefois elle s'endormait avant
que j'aie fini, alors je mettais un signet entre les
pages du livre et j'éteignais sa couverture chauffante parce qu'elle avait peur de prendre feu
pendant son sommeil. Un soir, je lui ai lu d'une
traite, en entier, *La Femme abandonnée* de Balzac.
C'est le récit du dernier amour de Mme de
Beauséant, héroïne déjà présente dans *Le Père
Goriot*, où on la voyait rejetée par son mari
jaloux, puis abandonnée par l'amant qui avait
causé la rupture. Dans cette longue nouvelle,
Mme de Beauséant, vivant seule au ban de la so-
ciété, hésite à répondre aux prières enflammées
d'un jeune homme, Gaston de Nueil, venu la
conquérir jusque dans sa retraite. « Vous
m'agrandissez le cœur, lui dit-il. Je sens en moi
le désir d'occuper ma vie à vous faire oublier vos
chagrins. Vous êtes pour moi la seule femme
qu'il y ait dans le monde. » Mme de Beauséant
cherche à le déprendre de cette « illusion qui
s'éteindra nécessairement », puis elle y répond,
elle s'abandonne à lui (ma grand-mère, après
réflexion, trouvait qu'elle avait eu bien raison,

même si, d'autre part, elle trouvait bien aussi que la princesse de Clèves ne cède jamais à M. de Nemours). Au bout de neuf ans, son jeune amant l'abandonne à son tour pour épouser un bon parti sur les conseils de sa mère. Mais pendant ces neuf ans, écrit Balzac, « ils furent heureux comme nous rêvons tous de l'être », ils connurent « cette admirable entente, cette croyance religieuse » dont plaisantent froidement « les êtres qui n'y croient plus ». L'écrivain savait tout du cœur des femmes, jugeait ma grand-mère, il avait bien décrit leur capacité de souffrance et d'amour, tellement supérieure à celle des hommes, qui ont toujours autre chose à faire, « mais tout de même, avait-elle ajouté avant de s'endormir en embrassant machinalement la photo de Marcel, *je te suis soumise comme à Dieu*, est-ce que ce n'est pas un petit peu exagéré ? ». J'avais répondu oui, puis j'étais allée me coucher. Ce que j'aimais bien, moi, c'était l'idée d'être la seule femme au monde, la Déesse.

Marcelle n'appréciait pas beaucoup André. Elle le ménageait parce qu'il était médecin et que ça peut toujours servir, mais elle n'oubliait pas qu'il avait failli tuer sa fille. Elle se souvenait aussi que, convoqué par Marcel après l'hémorragie de Sissi et sommé de s'expliquer d'homme à homme sur cette liaison adultère et maintenant criminelle, il avait répondu qu'il n'y était pour rien si elle était revenue le chercher après leur première rupture, « ce n'est pas moi, c'est elle », avait-il conclu. Marcel n'avait trop rien dit, quand on s'explique d'homme à homme on se comprend, mais Marcelle ne l'avait pas digéré.

Elle-même, a-t-elle eu des amants ? La chronique familiale l'ignore. Du vivant de son mari, sans doute pas, ou alors pour se venger de lui, mais sans enthousiasme. Après sa mort, en revanche, elle en a eu deux, je le sais, je connais même leur nom.

Le premier, c'est le Dr Lavoine. Ce n'était pas le chirurgien qui l'avait opérée de son cancer, mais un simple généraliste, ou, très exactement, quoiqu'elle ait été la seule à bénéficier de son art, un médecin de famille ; car il venait la voir chaque jour vers midi comme un familier, un cousin qui s'inviterait à l'apéritif. Au début, elle l'appelait, elle avait des angoisses, des vertiges, des douleurs, est-ce qu'il pouvait venir ? Ensuite, elle n'a plus eu besoin de l'appeler, il savait qu'il fallait venir. Il venait après ses consultations du matin, je le trouvais souvent là à mon retour du lycée, elle était sa dernière patiente avant de rentrer déjeuner chez lui avec sa femme et leurs deux enfants, elle n'allait jamais à son cabinet, préférant de loin les visites à domicile : il lui rendait visite. Je ne sais pas si elle le payait à chaque fois, ils devaient avoir un arrangement, d'ailleurs, la plupart du temps, il ne faisait rien, il s'asseyait sur une chaise de la salle à manger et lui disait : « Alors, madame Tissier, qu'est-ce qui ne va pas ? » — elle avait mal au dos, à la gorge, à sa cicatrice, elle était fatiguée, déprimée, constipée, enrhumée, énervée, esseulée et désolée de le déranger, elle lui racontait ses soucis, ses insomnies, ses cauchemars, ses regrets, ses peurs, « ça va aller, vous allez voir », disait-il, elle souriait, ça allait déjà mieux, elle tiendrait jusqu'au lendemain même heure. Quelquefois, il se levait, « je vais regarder, madame Tissier, vous allez me montrer ça », « oui, docteur, répondait-elle, oui, regardez-moi ». Quand il est venu lui faire ses adieux parce qu'il partait s'installer en Bretagne, d'où sa femme était originaire, elle lui a offert une bouteille de whisky, ils ont calculé depuis quand ils se connaissaient, trois ans. « Je penserai à vous », a-t-il dit sur le pas de la porte, « moi aussi », a-t-elle répondu.

Mais son grand amour, sa seule vraie grande passion, s'est déclaré un peu plus tard, je ne peux pas préciser combien de temps il a duré car lorsque Marcelle s'est aperçue que tout le monde autour d'elle désapprouvait cette liaison, elle a fait mine de s'en détourner, mais tout porte à croire que l'amour a poursuivi son œuvre en secret. Elle avait d'ailleurs peut-être commencé depuis longtemps déjà quand je l'ai découverte. C'était plusieurs semaines après notre querelle sur les lois de l'hospitalité. J'avais quitté Paris dès la fin de mes cours, j'avais pris comme d'habitude un taxi en gare de Dijon, et vers huit heures j'ai sonné chez elle. Il y avait plus de deux mois que je n'étais pas revenue — c'était fini avec Éric, de plus en plus la vie était ailleurs. Je m'attendais à ce qu'elle me saute au cou comme elle avait toujours fait depuis que j'étais « montée à Paris », souvent elle me parlait depuis le seuil de son deuxième étage, « c'est toi, ma chérie ? », je montais les marches en traînant ma valise, passais devant la porte de notre ancien appartement, maintenant loué, ma mère vivait chez André, ma sœur s'était mariée, il n'y avait plus qu'elle, elle « toute seule » comme elle disait, dans cette maison où quatre générations avaient vécu et où il n'y a aujourd'hui plus personne d'entre nous, « oui mamie, c'est moi ». Mais ce soir-là, elle n'était pas sur le palier, ni dans le couloir. Jusqu'au rez-de-chaussée l'air empestait *Danse avec moi* ou *Cœur de braise*, quelque chose dans ce goût-là, elle avait dû renverser un échantillon. J'ai posé ma valise, j'ai crié Hou hou ? je suis entrée dans le salon.

Elle était assise au bord d'une bergère rose, une joue dans une main, ses lunettes dans l'autre, avec un sourire faux et crispé comme si on allait la prendre en photo. La télévision marchait, qu'elle regardait fixement à moins d'un mètre, en se penchant elle aurait pu y coller son visage. Toute la pièce était plongée dans la pénombre, c'était la seule source de lumière. « Tu ne vois pas clair, mamie, ai-je dit en allumant le plafonnier. Et puis tu es trop près. » Elle s'est tournée vers moi, je l'ai vue.

Elle portait une robe en soie dans des tons de bleu, qui semblait neuve, avec une lavallière nouée d'un gros nœud sous le menton, que surplombait, jurant avec ces teintes pastel, une bouche rouge sang bavant aux commissures et des yeux maquillés de noir qu'on appelle, je crois, des yeux de biche. On aurait dit une méchante marionnette, une tête de mère maquerelle montée par erreur sur un corps de petite fille modèle. « Ça va, mamie ? ai-je dit. — Oui oui, ça va très bien. Mais… Ah ! chut ! le voilà. » Elle a repris sa pose, le regard fixé sur l'écran de la télévision. Il était huit heures, c'était le journal, ou plutôt, pour reprendre une expression qu'elle m'a transmise et que j'emploie toujours, « les actualités ». Mesdames, mesdemoiselles, messieurs, bonsoir, a dit d'une voix ferme Patrick Poivre d'Arvor. Bonsoir, a répondu Marcelle en tortillant entre ses doigts une boucle de cheveux près de l'oreille. Puis, s'adressant à moi d'un ton rogue tandis que se dévidaient les premières images d'un reportage

commémoratif sur la révolution des œillets :
— Tu n'as donc rien à faire, tes bagages à dé-
faire ? — Oui oui, mamie, tout à l'heure ! mais
là, je regarde, ça m'intéresse. — Qu'est-ce qui
t'intéresse ? — Mais ça : ce qui s'est passé au
Portugal. — Ah ! le Portugal, a-t-elle murmuré.
Sa voix était pleine de soupçon. PPDA est re-
paru à l'écran, ma grand-mère a repris son ric-
tus ; au bout d'un moment, comme en réponse
à une interrogation muette, elle s'est écriée en
me désignant vaguement du doigt : — C'est ma
petite-fille, euh, enfin, ma fille. Puis, penchée
vers l'écran qu'elle touchait presque des lèvres,
elle a ajouté en chuchotant d'un air entendu :
elle repart demain. — Qu'est-ce que tu fais,
mamie, tu parles à la télé, maintenant ? Elle a
levé les yeux au ciel, non mais qui est-ce qui
m'a flanqué une andouille pareille, et elle m'a
dit en détachant bien les syllabes, il ne faudrait
peut-être pas me prendre pour une demeurée :
non-je-ne-parle-pas-à-la-télé-je-lui-parle-à-lui.

   — Lui ? — Oui, lui. Je vois bien qu'il se demande qui tu es, c'est normal : tu n'es pas là
quand il vient, d'habitude, alors je lui explique,
c'est tout. — Mais mamie, il ne t'entend pas, Il
ne te voit pas non plus. C'est la télé. — Ah ! il ne
m'entend pas ? ! Il ne me voit pas ? ! Dans ce
cas, peux-tu me dire pourquoi il revient tous les
soirs, s'il est aveugle et sourd ? Quel intérêt de
venir chez moi tous les soirs ? D'ailleurs, a-t-elle

ajouté avant que j'aie pu répondre, c'est complètement idiot. — Mais mamie, c'est-la-télé. Il ne vient pas *chez toi*, il... — Ah bon ? Il ne vient pas chez moi ? Et ça, c'est qui ? a-t-elle dit à voix basse, en faisant en même temps un geste d'excuse en direction de PPDA, désolée, ma petite-fille, euh, ma fille n'est pas très... (bouche tordue navrée, geste vers la région du crâne). — Non, mais je veux dire : il ne vient pas *spécialement* chez toi, il va chez tout le monde, tout le monde le voit en même temps, c'est la té... — Il va chez tout le monde, ah bon ? ! Toi, par exemple, tu le vois tous les soirs, peut-être ? — Non mamie, mais moi ce n'est pas pareil : je n'ai pas la télé. — Alors tu vois bien, a-t-elle dit.

Plus tard dans la soirée, je lui ai lu *Des bleus à l'âme*. La photo de mon grand-père n'était plus sur la table de chevet ; en revanche, à demi caché sous le drap, PPDA souriait de toutes ses dents en couverture de *Télé-Magazine*. Je crois qu'elle l'aimait vraiment et que...

— Mais enfin, elle était démente ! s'est écrié, n'y tenant plus, le psy à qui je racontais cette histoire ancienne, étalée sur son divan comme chez moi devant la télé. Ça a bien failli être ma dernière séance, je me souviens : j'en avais plus qu'assez, au bout de cinq ans, de ses ponctuations destinées soi-disant à me recadrer — la hantise des psys, c'est que vous leur parliez des autres et pas de vous, ils ne sont pas très amateurs de romans —, je pouvais presque sentir physiquement, à moins d'un mètre de ma tête, son impatience rationaliste, c'était vraiment le bon sens derrière chez vous. — Je sais bien qu'elle était folle, merci du renseignement ! Je voulais juste dire qu'elle était pour moi comme une allégorie de l'Amour, je voulais analyser ça, c'est tout. Que ce qu'elle faisait devant sa télé, c'est ce que font tous les amoureux, les amoureux fous, les déments de midi et de minuit qui cherchent quelqu'un à qui parler, une personne qui les regarde en face, un vis-à-vis ; qu'au bout du compte elle n'était donc pas tellement plus folle que vous et moi — enfin, que moi —, elle, au moins, elle en avait trouvé un qui ne lui fasse pas faux bond, toujours fidèle au poste, ah ah ! Voilà ce que je voulais dire, quand je parle de ma grand-mère je parle de moi : ce leurre, cette hypnose devant l'image de l'Autre, cette fascination devant chacun de ses mots même pour parler d'autre chose ; le désir d'être aimée, le besoin d'être admirée, comprise, la certitude où l'on est par instants de connaître l'Autre, de savoir qui il est, ce qu'il a dans le cœur, l'aisance à lire dans ses sourires et dans ses yeux, l'envie d'être la seule, la jalousie, le chagrin qu'il y ait d'autres gens sur terre, la foi, surtout, la nécessité de croire, d'être ce croyant, ce fou du dieu Amour. Et puis en face, en face de ce don, de cet élan, de cette folle dépense, quoi ? Un écran, une vitre, un blindage en verre qu'on ne pourrait détruire qu'en dynamitant tout le reste, mais alors on perdrait l'image, ça exploserait, ça s'en irait et ça ne reviendrait pas, on ne peut pas prendre le risque, on ne peut pas se permettre. Alors on se rapproche le plus près possible, ce qu'on voudrait c'est toucher l'Autre et qu'il nous touche, le geste, l'émotion — j'en ai déjà parlé ailleurs, j'ai écrit tout un roman là-dessus, PPDA, le Paradis Perdu De l'Amour, mais vous ne lisez pas de romans, sûrement, en tout cas pas les miens —, on voudrait tout et on n'a rien, à cause du verre, vous comprenez, de l'écran de verre que chacun promène devant soi comme un bouclier pour ne pas risquer d'être touché, alors forcément quand il y en a un qui sort de là derrière, on crie « au fou !, enfermez-le ! ».

— Qu'est-ce que tu fais ? a dit Julien.

J'étais debout à la fenêtre du bureau, je regardais dehors. Il devait y avoir un moment qu'il m'observait. Sans doute voulait-il dire : « À quoi penses-tu ? », mais c'est la même question, au fond. J'aurais pu répondre : « rien », je ne faisais rien, ça se voyait, non ? alors que j'étais à moi seule comme une usine à plein régime, une sorte de cinéma permanent qui passerait en alternance du Rohmer et du X. J'ai dit :

— Je me demandais si j'allais écrire cette chanson, tu sais, pour Indochine. Nicola m'a envoyé la maquette, je devrais l'avoir demain, mais je n'aurai que huit jours, après. C'est court, d'autant plus que je pars la semaine prochaine au Pérou et que je dois rédiger le texte de ma conférence. J'ai appuyé mon front contre la vitre.

J'ai lu l'autre jour l'interview d'une femme qui écrit des livres pour les enfants et qui lutte au sein d'une association dans le but d'éviter le sexisme en littérature. On lui demandait si son travail portait ses fruits auprès des auteurs et des éditeurs, elle répondait : « Il n'y a quasiment plus de petites filles ni de femmes à la fenêtre, symbole de l'emprisonnement et de l'attente du prince charmant. C'est une de mes fiertés. »

Je comprends, bien sûr je comprends : il faut montrer des femmes actives, qui travaillent, réussissent, et n'ont pas de temps à perdre en paradis perdus. Et cependant…

Je suis d'une lignée de femmes à la fenêtre, j'appartiens à la troisième génération. Mon arrière grand-mère est un peu à part : elle ne s'y tenait jamais sans rien faire, elle cousait — près d'une vitre, certes, pour avoir le jour, mais sans presque lever les yeux —, les bas bleus étaient dans sa main, éternellement repris et re-prisés, pas le temps de vaguer. Mais les autres… Ma grand-mère s'asseyait les après-midi dans son fauteuil préféré, où elle pouvait allonger ses jambes, et elle regardait par la fenêtre. Elle avait un tricot en cours sur les genoux, un livre sur l'accoudoir, mais longtemps elle restait là sans bouger, sans ciller. Les dernières années, peut-être espérait-elle en effet son chevalier fidèle, ce Prince Pudique De l'Audiovisuel qui devait, quelques heures plus tard, entrer par la lucarne comme font toujours et partout les Roméos du monde. Mais je crois aussi que, à sa mesure, elle réfléchissait — à sa vie, à l'amour, à nous —, elle refaisait l'histoire.

Puis j'ai vu ma mère attendre André ou le guetter derrière le rideau comme princesse en sa tourelle, elle n'y restait pas très longtemps, il arrivait, rescapé d'un emploi du temps surchargé, de visites sous l'orage, d'une existence quotidienne pétrie de vie et de mort, sur le pick-up Dick Rivers chantait *Dis-moi si c'est l'amou-ou-our qui m'fait cet effet-là-à-à*, il arrivait, franchissant tous les obstacles comme le fils du roi se fraie un chemin parmi les ronces de la forêt enchantée, elle quittait la fenêtre pour l'accueillir en haut des marches, il n'y avait plus de vitre, alors, plus d'écran, plus rien. Or, écrit Balzac pour expliquer l'amour qu'inspira André à ma mère, « dans la nature comme dans le monde des fées, la femme doit toujours appartenir à celui qui sait arriver jusqu'à elle et la délivrer de la situation où elle languit ». Le prince charmant, dès lors, n'est plus ce personnage inventé par les contes pour des péronnelles endormies, ce père Noël d'opérette dont se moquent ceux qui n'y croient pas, mais un homme qui, pour nous retrouver là où nous sommes, « le front aux vitres comme font les veilleurs de chagrin », n'hésitera pas à briser la fenêtre ni à enjamber la balustrade, et qu'on peut donc attendre sans honte comme Thérèse d'Avila espère Dieu, non parce qu'il va venir, ni même parce qu'il existe, mais simplement parce que l'attendre est notre seule chance qu'il existe et qu'il vienne.

Quant à moi... Moi, je me damnerais pour un bout de carreau. Ah ! qu'on me donne un coin de fenêtre, ah ! qu'on me laisse, debout le nez à la vitre comme un enfant qui attend sa mère, qu'on me donne ce temps ! — Qu'est-ce que tu fabriques ? demandait mon père lorsqu'il me trouvait ainsi désœuvrée (sans doute pensait-il au prince charmant, lui aussi, mais sans lui prêter aucun charme — un jeune crétin qui allait et venait sur sa mobylette autour de la statue de Bossuet). Qu'est-ce que tu fais là, à la fenêtre ? — Rien, répondais-je en m'éloignant, rien.

Ce que je fabrique ? Mais du rêve, papa, je fabrique du rêve, je n'arrête pas. Ce que je fais là ? Mais l'amour, je fais l'amour, je n'arrête pas !

« La nature d'une femme, écrit Edith Wharton, est semblable à une grande maison avec de nombreuses pièces [...], et dans la chambre la plus reculée, le saint des saints, l'âme se trouve seule dans l'attente d'un bruit de pas qui n'arrive jamais. »

L'objet de l'attente, on peut l'appeler le prince charmant, si l'on veut, histoire de se moquer, de renvoyer le rêve à sa légende et la femme à son enfance. Mais ce n'est pas ça. Ce qu'attend l'âme dans cette chambre, et ce qu'attend le corps collé à la vitre dans le coin le plus reculé, ce n'est pas un prince, fût-il charmant, non, c'est un pas, un bruit de pas — non pas l'homme qui marche, mais l'écho d'une marche, non pas l'homme qui vient, mais le pas qui ne vient pas, pas jusque-là, pas jusqu'à elle, l'attentive — pas jusqu'à moi, ce pas que tout m'oppose, je ne t'aime pas, je ne peux pas, je ne sais pas, ce pas qui n'arrive pas, je n'y arrive pas, ce pas qui n'arrive jamais, je n'y arriverai jamais, ce pas qui m'abandonne, est-ce une raison pour cesser de le guetter ? Est-ce qu'on fait autrement pour les poèmes et les romans ? Est-ce qu'on fait autre chose que d'espérer ce qui ne vient jamais — la forme pure, le souffle divin, le mot juste ? quelque chose qu'on pourrait saisir sans détruire le désir qu'on a de lui ? — Qu'est-ce que tu fais ? disait mon père. Tu attends quelque chose... ou quelqu'un ? — Non, papa, je n'attends personne, je ne tends vers rien, je ne tends les bras vers rien. Simplement, j'attends, je tends les bras vers rien, je suis tendue vers rien, esprit, corps, nerfs : rien de passif dans l'attente, c'est une tension, une attention — attendre, c'est chercher —, je tends vers le tendre et l'attentif, ça n'a pas de nom, je me fonds dans le décor, dans le carreau, dans la transparence, je passe le miroir, le reflet, la vague, c'est de l'autre côté ce que je veux, encore plus loin, encore... Ce que veut une femme, par sa nature, c'est ça : un au-delà, un horizon, un vide ou un dieu au-delà de la ligne où se partagent le ciel et l'eau — en amour, les femmes sont plutôt de religion juive : leur dieu n'est pas encore venu. Mais il n'y a pas que les femmes, allez, il y a des hommes aussi (ils sont de même nature). Il y a Flaubert — « Mme Bovary, c'est moi ». Il y a Kafka à qui l'on demandait : « Pourquoi restez-vous là ? La personne que vous attendez ne viendra pas », et qui répondait : « Ça ne fait rien. Je préfère la manquer en l'attendant. » Il y a Proust et la vraie vie, Baudelaire rêvant « de vastes voluptés, changeantes, inconnues, et dont l'esprit humain n'a jamais su le nom », il y a Pessoa : « L'amour est un mysticisme qui exige d'être pratiqué, une impossibilité qui n'est rêvée que pour être réalisée. » Voilà pourquoi il ne faut pas éloigner les petites filles des fenêtres dans les manuels scolaires, mais y mettre les petits garçons — parce que le visage à la fenêtre, c'est le rêve, c'est l'art et c'est l'amour : ni la prison, ni l'oisiveté, non, au contraire, une activité riche d'avenir — une libre pratique de l'impossible.

Pourtant, bien sûr, l'objet réel existe — objet d'amour, objet d'art : il y a des gens qu'on aime, comme on finit par écrire des livres. Mais, dira-t-on, que peut faire l'homme aimé dans cette chambre de femme où elle est seule, en quête de quoi, de qui ? Eh bien, il peut être avec elle, seul avec elle, seul à seule. Aimer une femme, aimer vraiment une femme, c'est peut-être seulement l'accompagner dans son attente — ne pas croire qu'on est l'objet de tous ses vœux, celui dont la venue peut la combler, « ne cherche plus, c'est moi » ; ne pas penser non plus, à l'inverse, qu'il est stupide d'attendre, que c'est vain, ce mouvement vers rien, du féminin dérisoire, du sentimentalisme niais, qu'il n'existe pas, ce dieu caché, ce prince. Non, rester là simplement, dans le respect du guet et de la veille, savoir qu'on est pour elle l'arbre et pas la forêt, l'arbre où elle a peint un repère en vue d'une longue, très longue route, la borne, le buisson, la souche — un relais, un appui, un repos, un refuge avant de poursuivre cette si longue attente, cette quête rêveuse, cette déroute ; danser avec elle autour de ce point, la fenêtre, le pont vers l'horizon, l'autre, l'ailleurs, la tenir sans la serrer, l'étreindre sans l'étouffer de

jalousie ni de reproches, au bord de cette vitre.
L'amour alors est comme le poème, un souffle
autour de rien, le baiser du vide vers quoi s'avan-
cent les lèvres, ces lettres que trace le doigt sur
la buée du carreau, ces signes pour écrire à la
fenêtre le nom de qui n'arrive jamais.

— Qu'est-ce que tu lis ? a dit Julien, étonné.
Qu'est-ce que c'est ?

J'avais laissé *Toi et moi* sur mon bureau. Il l'a
feuilleté, je voyais du coin de l'œil son air go-
guenard. Au bout de quelques minutes, il s'est
mis à lire à voix haute ; il a prononcé pom-
peusement le titre du dernier poème, celui que
je n'ai pas recopié autrefois, le seul. Je me suis
tournée contre la vitre, il pleuvait.

FINALE

Alors, adieu... Tu n'oublies rien ?... C'est bien.
  Va-t'en.
Nous n'avons plus rien à nous dire. Je te laisse.
Tu peux partir... Pourtant, attends encore,
  attends.
Il pleut... Attends que cela cesse.

Je me suis mise à pleurer, je me disais « pauvre idiote » — Julien comprend qu'on puisse
pleurer en écoutant Monteverdi ou en lisant les
poèmes sur la mort de Léopoldine, mais moins

pour une chanson de variété ou un film à l'eau
de rose — « c'est donc si facile de te toucher »,
dit-il.

Allons ! Regarde-moi, puisqu'on va se quitter…
Mais prends garde ! Ne pleurons pas ! Ce serait
    bête.
Quel effort il faut faire, hein ? dans nos pauvres
    têtes,
pour revoir les amants que nous avons été !
Nos deux vies s'étaient l'une à l'autre données
    toutes,
pour toujours… Et voici que nous les repre-
    nons !
Et nous allons partir, chacun avec son nom,
recommencer, errer, vivre ailleurs… Oh ! sans
    doute,

nous souffrirons… pendant quelque temps. Et
    puis quoi !
l'oubli viendra, la seule chose qui pardonne.
Et il y aura toi, et il y aura moi,
et nous serons parmi les autres deux personnes.

Ainsi, déjà, tu vas entrer dans mon passé !
Nous nous rencontrerons par hasard, dans les
    rues.
Je te regarderai de loin, sans traverser.
Tu passeras avec des robes inconnues.

Et puis nous resterons sans nous voir de longs
    mois.
Et des amis te donneront de mes nouvelles.
Et je dirai de toi qui fus ma vie, de toi
qui fus ma force et ma douceur : « Comment
    va-t-elle ? »

Je me suis assise sur une chaise, toujours en
lui tournant le dos. Quelques jours plus tôt,
j'avais vu un avocat, lui aussi. Dehors, il pleuvait
moins fort, la pluie tombait sans faire de bruit.
La vitre me renvoyait mon visage en miroir, à
la fois fermé et ruisselant, silencieux. Et sa silhouette à lui, derrière moi, vague, qui semblait
trembler — ou bien était-ce sa voix ?

Notre grand cœur, c'était cette petite chose !
Étions-nous assez fous, pourtant, les premiers
    jours !
Tu te souviens, l'enchantement, l'apothéose ?
S'aimait-on !… Et voilà : c'était ça notre amour !

Ainsi nous, même nous, quand nous disons « je
    t'aime »,
Voilà donc la valeur que cela a ! Mon Dieu !
Vrai, c'est humiliant. On est donc tous les
    mêmes ?
Nous sommes donc pareils aux autres ?…
    Comme il pleut !

226

Il a cessé de lire, s'est avancé derrière moi jusqu'au dossier de ma chaise, a mis ses bras le long des miens et son menton sur mon front, il avait la tête posée sur la mienne comme sur un billot, j'ai levé les mains autour de son cou, la femme de Jacques allait bientôt accoucher, la veille on avait fait l'amour très vite sous une porte cochère, j'avais mis les mains autour de son cou, les doigts croisés de la même façon derrière sa nuque, puis il avait pris le bus avec moi pour aller la retrouver à la clinique, mon amour, m'a dit Julien, je voudrais qu'on arrête tout ça, qu'on arrête nos conneries et qu'on recommence ensemble, comme avant, tu te souviens comme c'était bien, comme on a été heureux, tu ne peux pas l'avoir oublié, sinon tu ne pleurerais pas… Eh bien on reprend là, à cet endroit-là, on efface tout, on passe l'éponge et on repart à zéro — zéro, ai-je pensé, zéro, rien, le néant, on repart de rien, à partir de maintenant c'est zéro, zéro est arrivé —, d'accord, Julien, ai-je répondu, je suis d'accord. Il a avancé son visage au-dessus de mon front, je le voyais à l'envers, totalement étranger tant ses traits semblaient déplacés, le nez au-dessus des yeux, le menton tout en haut comme un crâne minuscule surplombant la bouche qui s'ouvrait, un martien, un extraterrestre pire que dans le rétroviseur de sa TR3 vingt ans plus tôt — vingt ans —, tu veux bien ?, lèvres en mouvement dans ce visage inhumain, oui, Julien, je t'ai dit oui — j'avais envie d'être Mme de La Fayette et qu'il soit le duc, j'étais d'accord, sauf qu'on ne repartirait pas de zéro, non, au contraire, on ferait ceux qui sont arrivés, main dans la main on allait s'asseoir dans l'herbe parmi ce riant paysage, lèvres en croissant de lune au-dessus de moi, douceur des cheveux sous mes mains, ne cherchons plus, nous touchons au but, détends-toi, allonge-toi, viens, regarde comme c'est beau, comme c'est doux, comme c'est tendre, ne cherche plus, nous aurons mis vingt ans mais voilà, nous sommes arrivés, c'est là — l'amour, c'est là.

On est restés quelque temps enlacés, puis il est parti chercher Alice à l'école. J'ai fait du thé, j'ai mis sur un plateau les tasses en porcelaine de ma grand-mère, la théière assortie, des petits gâteaux secs. J'ai marché un peu dans la maison, posé la main sur les armoires, regardé par les fenêtres. Dans le bureau, le livre de Géraldy était resté ouvert à la dernière page. Julien s'était arrêté deux strophes avant la fin :

Tu ne peux pas partir par ce temps... Allons,
    reste !
Oui, reste, va ! On tâchera de s'arranger.
On ne sait pas. Nos cœurs, quoiqu'ils aient bien
    changé,
se reprendront peut-être au charme des vieux
    gestes.

On fera son possible. On sera bon. Et puis,
on a beau dire, au fond, on a des habitudes…
Assieds-toi, va ! Reprends près de moi ton ennui.
Moi près de toi je reprendrai ma solitude.

La nuit, je n'ai pas voulu faire l'amour. Il n'a
pas insisté. Plus tard, il s'est branlé à côté de
moi, sa jouissance a ressemblé à un sanglot. Puis
il s'est mis tout contre moi, collé à mon dos, ses
jambes mêlées aux miennes, sa main dans la
mienne. Il s'est endormi, et moi après lui.

On a bien de la peine à rompre, quand on
ne s'aime plus.

LA ROCHEFOUCAULD,
maxime 351

Quand Gilles et Simone, mes parents, ont divorcé après vingt ans de mariage, s'il leur arrivait de se croiser dans la rue, de se trouver nez
à nez sur le même trottoir ou dans un magasin,
ils ne se disaient pas bonjour, on aurait pu
croire qu'ils ne se connaissaient pas. La dernière fois que je les ai vus s'embrasser (en y réfléchissant, c'est effarant, mais ce devait être
aussi la première), c'était à l'enterrement de
Philippe, au cimetière où Patricia était enterrée
depuis trente-cinq ans. Sous la dalle de marbre
il y a maintenant Pierre et Sophie, Marcel et

Marcelle, Patricia et Philippe, tante et neveu d'un jour, couple incestueux dans la mort — quelque chose s'est répété là, sous les bouquets blancs, figure obscure du destin. Sans doute sommes-nous pétris de récits et d'images qui forment notre filiation romanesque, mais comme les mots n'existent que par les blancs qui les séparent, comme les romans ne prennent tout leur sens qu'entre les lignes, dans l'interdit, peut-être n'avons-nous de famille, par-delà nos albums, nos histoires, que les secrets et les caveaux.

Le lundi suivant, je suis partie pour Lima avec Paul. De l'aéroport j'ai appelé Jacques juste avant le décollage, c'était sa messagerie — il assistait peut-être à l'accouchement ? « Je pars pour Lima dans deux heures, je me sens mal, je suis perdue, je ne peux même pas vous parler avant mon départ, enfin je crois que c'est fini. » J'ai enregistré mes bagages, l'avion était à l'heure, c'était la première fois que j'allais si loin — si loin de quoi ? « Vous êtes sur quelque chose en ce moment, Camille ? » m'a dit Paul que je n'avais pas vu depuis un moment. — Oui, plus ou moins : je travaille sur La Rochefoucauld. Mais pour être honnête, je passe le plus clair de mon temps à me demander si je reste ou non avec mon mari. — Ah ! a soupiré Paul, ne m'en parlez pas ! Je ne vous dirai pas combien de fois j'ai fait et défait ma valise, à une époque, vous vous moqueriez de moi.

230

Le soir même de notre arrivée, nous devions dîner avec l'ambassadeur de France. Nous avons juste déposé nos bagages à l'hôtel — c'était une chambre comme beaucoup, qui fait éprouver à quel point on est de passage, dans le miroir de la salle de bains il y a le reflet des autres qui brouille notre image, on a beau se dévisager, c'est une foule. J'avais perdu cet éclat à quoi on reconnaît dans la rue les gens qui viennent de faire l'amour, comme si la lumière était réfractée par une peau plus douce et plus lisse qu'à l'ordinaire. J'étais grise comme la ville sur laquelle flottait un brouillard bas.

Le dîner avait lieu à la *Rosa Nautica*, un restaurant sur pilotis, à Miraflores — on entre dans la mer en marchant sur des pontons de bois, on pourrait être à Brighton ou à Biarritz dans les années vingt, mais c'est le Pacifique, les vagues sont plus larges, des pélicans nagent sous la lune, rien n'a l'air vrai. On nous a indiqué une table près d'une baie vitrée — l'ambassadeur serait un peu en retard à cause du séisme. Un tremblement de terre s'était en effet produit la veille dans la région d'Arequipa, mais la presse en avait peu parlé parce qu'il n'y avait eu qu'une centaine de morts, nous expliqua Son Excellence après l'apéritif. La France allait faire quelque chose, bien sûr, mais on discutait pour l'instant des modalités que prendraient les secours. Des négociations étaient engagées avec les Péruviens afin de subordonner la reconstruction à la promesse que l'un des quartiers d'Arequipa serait officiellement rebaptisé, panneau et cérémonie à l'appui, QUARTIER FRANÇAIS. L'objectif prioritaire était en effet la *visibilité*, il fallait quelque chose qui *perdure*. Je buvais verre après verre, l'océan bruissait féeriquement, décidément rien n'existe tant qu'on n'a pas mis un nom dessus. Puis la conversation a roulé sur tout — Montessinos et la proportion de citron vert dans le pisco, Fujimori et le trekking dans les Andes, le narcotrafic et l'éducation des enfants, Son Excellence en avait sept, c'était un serviteur de l'État. — Je n'ai pas lu votre livre, m'a-t-il dit, je suis toujours tellement occupé, mais ma femme si, elle viendra à votre conférence. Vous avez beaucoup vendu, je crois, plus un film, n'est-ce pas ? Voilà un succès qui perdure, a-t-il continué en se tournant vers Paul. — Oui, a répondu Paul, nous avons une excellente visibilité. J'ai souri. Vous voulez boire autre chose, Camille ? Ou un autre pisco ? — Oui, je veux bien, merci Paul. Son Excellence a pris congé assez vite, elle se levait très tôt le lendemain. Quant à nous, nous avons passé une bonne partie de notre jet lag à perdurer dans le pisco.

Le lendemain, nous avons visité la ville. Au monastère de Los Angeles, il y a un tableau du Christ en croix à propos duquel on raconte que le peintre a vraiment crucifié un jeune moine pour saisir sur la toile l'expression juste de la souffrance — « *Comment écrire un roman d'amour,* ai-je dit à Paul. Reste à trouver le modèle ». À l'église San Francisco, des gens se prosternaient devant des Jésus vêtus d'or et de pourpre, ou remerciaient les saints pour services rendus. Dans la dernière niche, on pouvait allumer des cierges au Padrone de Los Impossibiles, c'est ce que j'ai fait. Puis nous sommes allés à l'Alliance française. Paul donnait aussi une conférence sur son travail d'éditeur. Pendant le débat qui a suivi, quelqu'un lui a demandé pourquoi il avait choisi ce métier, ce qu'il lui apportait — mon livre, par exemple, pourquoi l'avait-il publié, qu'est-ce que ça lui avait apporté ? Paul a répondu : « Vous savez, je n'aime pas un livre pour ce qu'il m'apporte, mais pour ce qu'il m'enlève. » J'ai pensé que c'était juste, unique aussi : que la lecture est bien la seule chose au monde qui rende heureux par ce qu'elle nous ôte — ce voile qui nous tombe des yeux, cet écran qui se volatilise entre le monde et nous —, alors que presque tout le bonheur ordinaire de l'amour, au contraire, est fondé sur l'illusion, sur le désir forcené d'obtenir ce qu'on n'a pas comme si l'autre l'avait, alors qu'il faudrait aimer comme on lit, avec la volonté de ne pas être trompé, et d'être, au besoin, détrompé — que ce serait ça, la qualité commune à la littérature et au véritable amour : ne pas craindre la nudité sous le masque qu'on a ôté, ni le serpent qu'on voit danser derrière la porte qu'on a ouverte.

J'ai fait ma conférence sur les femmes aux fenêtres. À la fin, quelqu'un m'a lancé : — Tous ces romans moi-je-personnellement-en-ce-qui-me-concerne, c'est d'un pénible, à la fin. Les romanciers ne pourraient pas s'intéresser un peu aux autres, non ? — Vous savez ce que disait Victor Hugo, monsieur : « Quand je vous parle de moi, je vous parle de vous. » — Oui, mais c'était Victor Hugo. Tandis que tous ces romans nombrilistes, franchement…

— Mais, justement : tout le monde a un nombril. Chacun a une forme particulière, plus ou moins tourmentée, je vous l'accorde, mais tout le monde en a un. En un sens, le nombril du monde est le nombril de tout le monde !

Mme l'ambassadrice est venue me saluer à la fin, son regard avait cette folie de détresse que le sourire ne voile plus, elle m'a rappelé ma grand-mère, les derniers mois, tout espoir d'amour était parti — « l'enfer des femmes, c'est la vieillesse », écrivait La Rochefoucauld à Ninon de Lenclos il y a trois siècles. — Vous parlez beaucoup de l'amour des hommes, m'a-t-elle dit. Mais que faites-vous de l'amour de Dieu ? Lui seul est le véritable Amour, l'amour de l'humanité. Regardez mère Teresa, quel exem-

234

ple pour nous tous ! Elle n'a pas le temps de rester aux fenêtres, elle, elle n'attend rien puisqu'elle a Dieu. Pensez-y de temps en temps, il ne vous oubliera pas. — Merci, ai-je dit, j'y penserai (mon Dieu, faites que je n'aie jamais ce visage).

Puis nous sommes partis à Cuzco pour deux jours de vacances. Le guide qui nous attendait à l'aéroport, et chez qui nous devions loger, s'appelait Enrique. Il était tout petit, un peu chauve, mais avec un beau profil inca comme dans *Tintin et le temple du Soleil*. Il parlait un bon français, langue qu'il avait choisie plutôt que l'anglais dont il ne savait pas un mot. Dans la chambre qu'il m'avait attribuée, et qui était la sienne, il y avait les tragédies de Racine et des livres de grammaire des années soixante — tu attendras qu'il (revenir) — es-tu sûre qu'il (revenir) ? — un jour il (revenir). Nous avons marché dans les rues de Cuzco, il faisait beau et froid, partout des radios diffusaient des chansons en espagnol, *te quiero* revenait sans cesse comme un mot de passe de rue en rue par les fenêtres entrouvertes, on n'entendait que ça, ou bien était-ce parce que c'était la seule phrase que je comprenais ? Puis nous sommes allés visiter… le nombril du monde, justement ! C'est un endroit très calme et plus discret qu'on pourrait le croire. Un petit groupe d'étudiants y étaient déjà postés, faisant ah, ouh, ih, ah en se déplaçant au bord d'un cratère — « le lieu du karma », a dit notre guide. Il s'agissait, en variant sa position, de trouver le point où la voix revient. On a donc parcouru le nombril en tous sens pendant un long moment en braillant, je me sentais bien, il faisait soleil — et puis j'ai le même karma que mon éditeur. Ensuite nous sommes partis visiter le temple de la lune, une simple grotte au fond de laquelle un chaman célébrait une cérémonie. Nous n'avons pu voir que la Pierre de la Connaissance, mais c'était l'essentiel : il fallait tourner autour en touchant à l'entrée le croissant noir, à la sortie le croissant blanc, surtout ne pas se tromper de sens, ce rituel, s'il était bien observé, permettait d'acquérir les plus grandes facultés intellectuelles — « je sens que ça vient », a dit Paul tandis que, une main sur la roche glacée, nous avancions dans l'ombre à la queue leu leu, les genoux pliés. Et en effet, lorsque nous sommes sortis de son temple, nous nous étions beaucoup rapprochés de la Lune, cet astre qui brille au Pérou par son intelligence et qui est plus connu chez nous pour son extrême candeur.

À la fin de l'après-midi, nous sommes partis en taxi jusqu'à Ollantaytambo, où nous devions dormir afin de prendre le premier train le lendemain pour le Machu Picchu. La patronne de l'auberge n'était pas là, elle assistait à une séance de chamanisme. Nous avons juste eu le temps de visiter la forteresse inca, d'en grimper l'immense escalier. Elle était en pleine construction quand les Conquistadores l'attaquèrent. Sur l'une des énormes pierres est gravé le symbole de la vie, figure géométrique de moins en moins précise au fur et à mesure que la vie va vers le Ciel et l'inconnu, tout devient flou et sans relief, tandis que la Terre est nette et dessinée — mieux vaut donc garder les pieds dessus. Sur un autre bloc de roche hissé jusque-là par des esclaves il y a près de cinq siècles, quelqu'un a gravé son prénom comme sur l'écorce d'un arbre — quelle obsession de laisser sa trace par-dessus celle des autres, d'écrire son nom... À notre retour, l'aubergiste, sur l'insistance d'Enrique, nous a pris les mains pour éprouver notre magnétisme. Paul était un peu flapi, rien de grave cependant ; il fallait juste recharger les batteries ; quant à moi, j'allais très très très bien, « tu n'as besoin de personne », m'a dit notre hôte.

Bien.

La nuit — je ne dormais pas, c'était la pleine lune, une lumière blanche passait à travers le rideau de coton déchiré —, j'ai entendu frapper à la vitre qui donnait sur un petit jardin. Je me suis levée, j'ai ouvert la fenêtre : c'était Enrique, le guide. — Camille, m'a-t-il dit, je te veux. — Est-ce que tu dis ça à toutes les touristes qui sont seules, Enrique ? — Non, pas du tout. Je n'ai pas fait l'amour depuis des mois et des mois. Quand je t'attendais hier, à l'aéroport, j'avais peur : Léo, mon copain de l'Alliance française, celui qui a organisé votre séjour, t'avait décrite à moi, et Paul aussi, pour que je puisse vous reconnaître, il m'avait dit que tu étais grande et froide, « elle regarde toujours ailleurs », m'a-t-il dit au téléphone — il t'avait vue à Lima. Alors moi j'avais peur. Et puis tout de suite à l'arrivée, tu as planté ton regard dans le mien, je me suis dit : « Elle est timide », et mon cœur faisait des cabrioles. En espagnol, on dit : *amor a la primera vista*. Après, je n'étais pas sûr que tu n'étais pas avec ton éditeur, mais maintenant que je sais que non, s'il te plaît, laisse-moi entrer. — Mais Enrique, tu n'as pas entendu, tout à l'heure ? Je n'ai besoin de personne... — S'il te plaît... — Va-t'en, Enrique, va te recoucher... — Mais je ne peux pas partir, encore moins dormir. Camille, je vais devenir fou. Il faut que j'entre dans ton corps. — Je ne veux pas faire l'amour. — Je m'en fiche. Je veux t'accompagner dans la nuit. — Non. — Camille, laisse-moi au moins t'embrasser.

Je me suis penchée vers lui par-dessus l'appui de la fenêtre et j'ai embrassé sa bouche — une bouche très belle, au dessin ferme et précis d'image peinte. Il m'a saisi la main et l'a guidée jusqu'à son sexe, « tu sens comme je suis dur pour toi, comme je te veux ». J'ai répondu :

« Pas moi, moi je ne veux pas. » Il m'a caressé les épaules, les seins, le visage, puis il a reculé d'un pas : « Les hommes bandent, a-t-il dit. Mais ça ne les empêche pas d'être impuissants. »

Le train qui va au Machu Picchu ressemble aux jouets en bois des enfants d'autrefois. Ses couleurs vives brillaient dans le soleil, tôt le matin. Rarement un paysage m'a ravie comme celui-là, j'avais envie de fermer les yeux pour mieux le voir en moi-même — l'enfance et l'amour, il n'y manquait rien. Enrique nous a offert du maïs et du fromage, puis du chocolat à la cacahouète. J'aurais pu rester là très long-temps sans souffrir d'aucune absence. J'étais pleine.

Enrique s'est assis à côté de moi dans le compartiment. « Je suis revenu trois ou quatre fois dans la nuit sous ta fenêtre, je n'ai pas fermé l'œil, j'étais comme une bête. » Le train bringuebalait à travers les arbres, Enrique me montrait du doigt les choses de l'autre côté de la vitre, à chaque tunnel il m'embrassait la joue, le cou, la bouche, ce qu'il trouvait. « Tu as toujours vécu à Cuzco ? » ai-je demandé.

Il était né à la frontière de la forêt ama-zonienne. Jusqu'à douze ans, il avait refusé de mettre des chaussures, ses pieds s'étaient endur-cis aux épines et aux roches, à présent encore il détestait les semelles, ce qui fait obstacle à la sensation de la peau sur le sol. Son père était garde républicain, c'était souvent lui, Enrique, qui devait aller chercher Guignol, son cheval, au pâturage. Mais comme celui-ci s'enfuyait en l'entendant approcher, il ôtait ses chaussures et les passait autour de son cou pour faire moins de bruit. Dès qu'il apercevait les oreilles de Guignol, il s'aplatissait, rampait jusqu'à lui, le saisissait par la crinière et se hissait en obligeant Guignol à tourner la tête — en même temps qu'Enrique mimait ce geste brutal, le poing qui enserre la crinière et force la nuque, l'image de Jacques m'a traversée comme un détail du dehors qu'on saisirait à bord d'un train qui roule, un cavalier domptant sa monture.

Le père d'Enrique était un homme violent, il donnait des coups de pied, même dans la tête. Fidel, son frère aîné, en était resté, comment expliquer ? non pas débile, mais triste, oui, il est toujours resté triste après ce coup de pied le jour de Noël — maintenant encore, à cinquante ans… L'autre frère était infirmier dans l'armée, il est mort jeune, sûrement en faisant de la contrebande, son corps n'a jamais été rendu. « Quant à moi, j'ai failli être séminariste — tu peux rire… Comme presque tous les hommes ici. Il faut choisir entre les femmes et Dieu — à moins de trouver sa Déesse. Ah ! un tunnel ! »

Il avait épousé une Polonaise avec qui il avait eu deux filles, mais elle n'avait pas supporté

240

Cuzco, la maison sans chauffage, les superstitions, le mauvais sort, elle était très catholique, elle avait préféré rentrer, il ne voyait les petites qu'un mois par an, vers Noël. Il leur envoyait de l'argent. « J'aime mes filles », a-t-il dit. Quelqu'un a allumé un poste de radio dans le wagon, Enrique m'a traduit les paroles : « Ton corsage s'est arrangé pour rencontrer ma chemise Ton soutien-gorge a fait en sorte de rencontrer mon pantalon Ta culotte a tout manigancé pour rencontrer mon slip… » — qui est-ce qui pourrait bien nous chanter ça, en France ? Dans le bus qui nous menait jusqu'au site, j'ai feuilleté le *Guide du routard*. Au début du XIXᵉ siècle, Simón Bolívar rêvait de créer les États-Unis d'Amérique du Sud sur le modèle révolutionnaire français. Il n'y est pas arrivé. « Nous ne serons jamais heureux » furent ses dernières paroles.

Nous avons marché longtemps parmi les ruines du Machu Picchu. Chaque fois que Paul voulait prendre une photo, Enrique m'encerclait les épaules, je me raidissais, sur les clichés j'ai l'air d'avoir avalé un parapluie. De nombreux mystères planent sur cette cité perdue dont on ignore presque tout parce que les Incas ne savaient pas écrire. Par exemple, a expliqué Enrique, bien qu'on évalue la population globale de l'époque à 1 200 personnes, on a retrouvé quatre-vingts squelettes de femmes et un seul d'homme. — Le pauvre, ai-je dit, il devait être un peu fatigué. — Oh ! Camille, a répliqué Paul, une seule femme peut suffire à fatiguer un homme, vous savez. Nous sommes passés par les rues des différents quartiers. À propos du groupe dit « Des Trois Portes », le *Guide du routard* précise : « La présence de pièces sans aucune fenêtre fait supposer qu'il pouvait s'agir là de l'endroit où vivaient les femmes. » Le soleil brillait sur son temple, faisant resplendir chaque pierre comme un Eldorado. Je respirais, je regardais, j'étais à ma place — pourquoi si loin, pourquoi ailleurs ? Pourquoi était-ce chez moi que j'étais déplacée ?

Mais ce que j'ai le plus aimé, au Machu Picchu, c'est la langue française, cette langue que j'entendais comme simple et difficile à la fois dans la bouche d'Enrique, cette façon qu'il avait d'employer des mots appris tels que « linteau » ou « cosmogonie », mais aussi « amour », « monde », « bonheur » et « malheur », cet effort pour être juste, cette application à ne pas se tromper de mot, à ne pas trahir. Il y a chez un étranger qui vous parle dans votre langue quelque chose qui semble ne pas pouvoir mentir, quelque chose qui fait le chemin jusqu'à vous pour vous redonner à toucher ce que peut-être vous aviez, sinon perdu, du moins oublié, cette racine enfoncée loin dans l'enfance, dans ces années où vous avez vous-même appris à parler la langue amoureuse, la langue par laquelle on apprend l'amour — la langue maternelle. J'écoutais parler Enrique avec volupté, j'avais envie d'écrire et de faire l'amour, je l'écoutais avec reconnaissance et désir, il y avait les mots « maison », « soleil », « rocher », « grenier », « terrasse », et puis « prêtre », « montagne », « sacrifice », « homme », « ville », et puis encore « jamais », « toujours » qui rime si bien avec « amour », c'était là ma place, ni loin ni ailleurs au fond, même s'il avait fallu aller ailleurs et loin pour l'éprouver, c'était là, je baignais dans ma langue, je nageais dans le bonheur comme à la fin des jeux de piste, autrefois, quand j'avais trouvé le trésor, Enrique parlait, j'avais envie de l'embrasser et d'apprendre l'espagnol ou le quichua — « il faut que j'entre dans ton corps », je comprenais, je comprenais très bien —, j'admirais les contours des mots comme si c'était sa bouche, c'était pareil — un corps, une chair, voilà ce que je venais de retrouver en même temps qu'une sorte d'amour idéal, petit miracle d'équilibre et d'harmonie comme on n'en fait plus, chef-d'œuvre d'économie amoureuse, puisqu'en possédant ma langue il me la rendait. Nous redescendions lentement tous les trois à travers des ruines de dieux et d'hommes, le soleil irisait les pierres, Enrique nous racontait des histoires, il faisait doux, c'était le Pérou.

— Tu as des enfants ?

— J'ai une fille.

— Une seule fille ?

— Oui. J'ai eu aussi un petit garçon. Mais il est mort.

— Tu as beaucoup souffert.

Tu n'oses plus parler de Philippe, ni dans la vie ni dans les livres. La question de l'obscène te poursuit, tu n'as pas de réponse, peut-être est-ce seulement la peur de ne pas être aimée ? C'est un peu comme si Johnny se donnait à Bercy en hurlant : Y a-t-il quelqu'un qui m'aime ici ce soir ? et que personne ne réponde oui — vous imaginez la scène ? Tu as reçu beaucoup de courrier après Carnet de bal, *des déclarations, des propositions, des questionnements, des compliments, des embrasements. Tu as reçu aussi celle-ci :*

« Madame,

Critique littéraire dans une revue confidentielle mais de grande qualité et de haute tenue, j'ai fait la recension de votre dernier ouvrage. Comme il est fort improbable que vous en ayez jamais connaissance, je vous l'adresse ci-joint. »

L'article était très négatif. Tu as retenu ces deux phrases :

« Le seul moment un peu émouvant survient quand l'auteur évoque la mort de son fils. Mais l'on est vite refroidi lorsqu'on sait qu'elle en avait déjà parlé dans un précédent livre, et qu'elle se contente donc de puiser dans son fonds de commerce pour faire pleurer Margot. »

La lecture pose aussi la question de l'amour — de l'amour et de la haine. De quoi est-on capable, quand on lit ? Comme lecteur, qu'est-ce qu'on peut donner ?

— Jusqu'à quel âge une femme peut avoir des enfants ?

— Quarante-trois, quarante-cinq ans. Ça dépend…

— Tu as quel âge ?

— Bientôt quarante-trois.

— Qui sait ?

— Oui.

— Tu aimerais avoir un autre enfant ?

— Oui.

— Tu peux rester, si tu veux. Tu peux rester dans ma maison aussi longtemps que tu veux, avec ta fille.

— Tu connais Pascal Obispo ?

— Oui, enfin, de nom… Pas bien.

— Moi, j'adore. Tiens, je vais te faire écouter ma préférée, comme ça c'est moi qui te fais découvrir les chanteurs français !

C'est pas marqué dans les livres
Que le plus important à vivre
Est de vivre au jour le jour
Le temps c'est de l'amour

— Ça te plaît ?

— Oui. Mais il a tort, tu sais : c'est marqué dans les livres — dans beaucoup de livres.

— Est-ce que tu reviendras ?

— Je ne sais pas.

— Dis-moi que tu reviendras. Il faut que tu reviennes, j'ai besoin de le croire, sinon je vais devenir fou.

— Je reviendrai. Ou tu m'oublieras.

— Jamais je ne t'oublierai.

Le sentiment d'appartenance à l'espèce humaine qui nous traverse, par instants, et nous bouleverse, une bonté soudaine, une bienveillance : il n'y a pas d'amour, il y a des moments d'amour.

Dans l'avion du retour — nous avions bu deux ou trois piscos pour tromper l'attente à l'aéroport, nous étions maintenant de fins piscologues —, nous avons reparlé du couple, grandeur et décadence, Paul et moi. « Je ne sais toujours pas quoi faire, ai-je dit. C'est surtout pour Alice… » « Vous connaissez l'histoire de ces très vieux Juifs qui vont voir un avocat ? m'a demandé Paul. — Voilà, Maître, disent-ils : nous voulons divorcer. — Divorcer ? dit l'avocat. Mais quel âge avez-vous ? — Moi, j'ai cent ans, dit le vieil homme, et ma femme quatre-vingt-quinze. — Mais je ne comprends pas, s'exclame l'avocat. Depuis combien de temps êtes-vous mariés ? — Soixante-quinze ans. — Et vous voulez divorcer ? — Oui. — Mais enfin, on ne se sépare pas après soixante-quinze ans de mariage ! Pourquoi n'avez-vous pas demandé le divorce plus tôt ? — Eh bien, c'est-à-dire, on attendait que les enfants soient morts. »

À Orly, j'ai écouté ma messagerie. Il y avait un message de Jacques : « Camille, c'est moi. Je veux absolument vous parler. Appelez-moi, je vous en prie. »

C'est moi.

On s'est vus chez lui l'après-midi. Il ne pouvait pas sortir parce que sa femme était en train d'accoucher, il devrait partir dès qu'on le préviendrait mais ça allait sûrement prendre quelques heures. Il y avait des affaires de bébé un peu partout dans l'appartement, un lit, un landau, une table à langer. Quand Alice est née, on n'avait rien préparé, Julien et moi, à cause de la chambre de Philippe qu'il avait fallu déménager un an plus tôt. Les dernières semaines, il m'accompagnait partout, me tenant le bras de peur que je tombe. — J'ai envie de vous, m'a dit Jacques. Il m'a tournée contre le mur, a soulevé ma jupe, baissé ma culotte, dégrafé sa braguette, passé sa ceinture de cuir lentement sur mes fesses, autour de ma taille puis de mes poignets qu'il a serrés ensemble. J'attendais sa queue, cambrée, cul en arrière, qu'il me la mette. On a joui presque tout de suite, les dents plantées dans la ceinture, souffles mêlés. Le jour où j'ai accouché d'Alice, Julien ne m'a pas quittée — il était à moins d'un mètre, le visage transfiguré par l'attente, il inspirait l'amour, il respirait l'amour, c'était l'amour fait homme, malgré la charlotte stérile qui lui donnait l'air d'une grand-mère. — Mais qu'est-ce qu'il y a ? a dit Jacques, qu'est-ce qui se passe ? Ne pleurez pas, je vous en supplie. Venez. Il m'a fait asseoir sur une chaise, s'est mis à genoux devant moi : Je vous aime, vous savez. Sans doute très mal, mais je vous aime. Si je ne vous aimais pas, je serais un salaud, un vrai salaud pour tout le monde. Pardonnez-moi si je vous ai blessée, si j'ai été brutal. J'ai besoin de vous, je ne sais plus. Il me tenait les mains, je sanglotais de plus belle, c'était presque des cris, allons, calmez-vous, a-t-il dit, je vous en supplie, reprenez-vous. « Heureuse la femme qui trouve à qui se donner ! celle-là ne demande point à se reprendre ! Mais qui est celui qui a besoin d'elle pour de bon ? d'elle toute seule, et tout le temps, et non pas d'une autre aussi bien ? » — je pleurais, les mots d'Ysé me revenaient en larmes du fond de mes anciens théâtres.

Jacques a posé sa tête sur mes genoux, j'ai fermé les yeux, j'aurais voulu que ça dure toujours, comme le chagrin dans les chansons.

J'étais son Écosse à lui, son île au loin, fuir, là-bas, fuir… On peut parler des filles et de leur Prince Charmant, mais que dire du rêve que poursuivent les hommes avec au moins autant d'obstination : l'Autre Femme, la femme d'à côté, l'autre côté de la mer ? Si les femmes attendent un bruit de pas qui n'arrive jamais, les hommes fuient vers un pays où ils n'arrivent jamais — ou bien, à peine au port ils n'ont de cesse de repartir, Circé les pousse vers Pénélope, et près de Pénélope ils rêvent au chant des Sirènes. Ils auront beau se moquer, quelle différence ? Ils ne lisent pas les mêmes livres, c'est tout. Contes de fées ou récits d'aventures, bague cachée dans un gâteau, navire affrété pour ailleurs, passion, action, port ou voyage, fusain de quenouille ou jungle hostile, peau d'âne ou toison d'or, miroir magique ou lames du Pacifique, bel amant ou Moby Dick, le texte change mais l'histoire est la même, commun le geste de lire, peur et plaisir mêlés, ce qui doit être lu — c'est une légende, l'amour — raconte-moi, lis-moi encore, mon cœur n'est pas las de l'entendre.

Le téléphone a sonné, la délivrance était proche, « je dois y aller, a dit Jacques en mettant sa veste, vous n'aurez qu'à claquer la porte en partant ». Je suis restée chez lui une heure, parmi les choses de bébé, Julien, pensais-je, Julien, c'était le seul mot qui me venait. Et pourquoi pas les deux, après tout ? Garder les deux, Julien et Jacques, être la femme des deux — être l'Une de l'un et l'Autre de l'autre. Au moment où j'allais partir, Jacques m'a appelée sur mon portable, il était père d'une petite Manon, sa voix tremblait, ne nous voyons pas pendant quelque temps, ai-je proposé, ce sera mieux — je bluffais un peu, pour voir, mais pas complètement : on a beau faire, on a beau dire, l'amour, c'est l'enfant. Si vous voulez, a-t-il dit, oui, peut-être c'est mieux. Je suis partie de chez lui, la porte derrière moi a fait le bruit d'un tiroir qui claque. Dans le taxi, Barbara chantait : Pour toi soudain le gris du ciel n'est plus si gris pour toi soudain le poids des jours n'est plus si lourd voilà que sans savoir pourquoi soudain tu ris voilà que sans savoir pourquoi soudain tu vis car te voilà oui te voilà amoureuse amoureuse amoureuse tellement amoureuse c'est vrai alors le gris du ciel n'est plus si gris c'est vrai alors le poids des jours n'est plus si lourd c'est vrai alors soudain tu sais pourquoi tu vis c'est vrai alors soudain tu sais pourquoi tu ris car il est là oui il est là amoureuse amoureuse et puis soudain le gris du ciel redevient gris et puis soudain le poids des jours redevient lourd tout est fini tout est fini l'amour se meurt il est parti il est parti et toi tu pleures et c'est fini oui c'est fini malheureuse malheureuse malheureuse tellement malheureuse.

La Rochefoucauld a beaucoup parlé de l'amour, et les amateurs de vérité cherchent dans les maximes la définition qui leur manque. Ils ne la trouvent pas, elle n'y est pas. C'est ce qui est beau, justement : cette tension qui n'aboutit pas, cette ligne de fuite qui sous-tend la phrase, ce tremblement du sens dans le bronze, quelque chose qui défaille au moment de définir comme le cœur au moment de choisir entre « amoureuse » et « malheureuse », le je-ne-sais-quoi flottant sans fin sur la volonté de savoir. Renonçant à enfermer l'amour dans une syntaxe brève et un éternel présent — ce qu'est l'amour, ce qu'il n'est pas —, La Rochefoucauld, dans des textes plus longs, recourt parfois à la métaphore, à la comparaison : le poète saisit mieux, peut-être, dans l'image, ce qui dans la pensée échappe au penseur. Celles qu'il préfère sont anciennes et banales — l'amour est comme la mer, le feu, la vie. On voit surtout l'amour finir, c'est là qu'il sonde le secret, au bord du trou par où l'amour s'écoule et disparaît : « Dans les commencements, la figure est aimable, les sentiments ont du rapport, on cherche de la douceur et du plaisir, on veut plaire parce qu'on nous plaît, et on cherche à faire voir qu'on donne un prix infini à ce qu'on aime ; mais dans la suite on ne sent plus ce qu'on croyait sentir toujours, le feu n'y est plus, le mérite de la nouveauté s'efface, la beauté, qui a tant de part à l'amour, ou diminue ou ne fait plus la même impression ; le nom d'amour se conserve, mais on ne se retrouve plus les mêmes personnes. »

Et comme il est drôle, aussi, sous la mélancolie. On a beaucoup comparé l'amour à l'océan, remarque-t-il : ses tempêtes, ses écueils, ses ports. Mais, ajoute-t-il, on n'a pas assez montré « le rapport qu'il y a d'un amour usé, languissant et sur sa fin, à ces longues bonaces, à ces calmes ennuyeux que l'on rencontre sous la ligne : on est fatigué d'un grand voyage, on souhaite de l'achever ; on voit la terre, mais on manque de vent pour y arriver. On a recours inutilement aux secours étrangers ; on essaie de pêcher, et on prend quelques poissons, sans en tirer de soulagement ni de nourriture ; on est las de tout ce qu'on voit, on est toujours avec ses mêmes pensées, et on est toujours ennuyé ; on vit encore, et on a regret à vivre ».

Mais le texte le plus sombre et le plus poignant consiste en un parallèle constant entre l'amour et la vie, la jeunesse et la vieillesse de l'un et de l'autre. La première « est pleine de joie et d'espérance » : on se trouve heureux d'être jeune comme on se trouve heureux d'aimer. On ne se contente pas de subsister, on veut faire des progrès, on est occupé des moyens de s'avancer et d'assurer sa fortune. Dans les débuts de l'amour comme dans le printemps de la vie, « tout a la grâce de la nouveauté ». Puis, la maturité venant avec le temps, « on prend des manières plus sérieuses, on joint des affaires à la passion », « la joie n'est plus vive, on en cherche ailleurs que dans ce qu'on a tant désiré ». « Cet état de l'amour représente le penchant de l'âge, où on commence à voir par où on doit finir. » La dégradation du sentiment est progressive comme celle du corps vieillissant, les maladies de l'amour font le cœur perclus comme celles du corps paralysent les membres. Ce sont essentiellement « la jalousie, la méfiance, la crainte de lasser, la crainte d'être quitté ». « De toutes les décrépitudes, conclut La Rochefoucauld, celle de l'amour est la plus insupportable. » Comme dans le grand âge, la mort rôde, érodant jusqu'à l'os les passions les plus vivaces autrefois. Et pour finir, écrit-il, « on ne sent plus qu'on est vivant que parce qu'on sent qu'on est malade ».

Au bout du compte, il n'y croit pas beaucoup, à l'amour, François de La Rochefoucauld, il n'est pas sûr. Il évoque quelquefois « le véritable amour », l'amour vrai, l'amour-vérité, qui ne serait miné ni par l'intérêt ni par l'amour-propre ni par la peur d'être seul. Il ne dit pas qu'il n'existe pas, il ne va pas jusque-là, ce n'est pas un athée de l'amour. Mais s'il existe, c'est un dieu caché — « caché au fond du cœur, et que nous ignorons nous-mêmes ».

L'amour ne court pas les rues, donc, seul le mot est jeté à tout-va, tous les carrefours s'en font l'écho. Souvent même, nos sentiments n'ont d'amour que le nom : on parle sans savoir.

Car on en revient là avec lui, toujours : paroles, paroles — l'amour, c'est des mots, oui, des mots arc-boutés contre l'ennemi — le temps *(avec le temps, va, tout s'en va)*. On parle d'amour pour oublier que le temps en triomphera ou que c'est déjà fait, on chante l'amour pour oublier qu'on en doute ou qu'on en manque, on met des mots dans le trou, on engorge de phrases le goulot étranglé du sablier — *pourvu que toujours vous répétiez ces mots suprêmes : je vous aime.* Le moraliste ne nous fait pas la morale, oh non ! Selon lui, il n'est pas juste d'imputer la fin de l'amour à l'inconstance ou à la légèreté humaines : « Ce n'est la faute de personne, c'est seulement la faute du temps. »

L'aphorisme a-t-il assez de puissance contre un tel adversaire ? C'est une flèche qui l'atteint sans le vaincre, chacune n'a de force qu'environnée de toutes les autres, c'est cette volée de traits qui, par sa vibration, fait vaciller le lourd chariot du temps. Mais l'amour ne tient pas tout entier dans cette flèche, fût-elle multiple. Proust l'a deviné, dont la grand-mère lisait La Rochefoucauld : considéré sous l'angle littéraire, l'amour n'est pas une maxime, l'amour, c'est du roman. Nous ne lirons jamais celui qu'aurait écrit M. de La Rochefoucauld — Mme de La Fayette l'a fait pour lui, peut-être ? Mais ce qui subsiste de la grandeur romanesque, c'est cette indécision du sens, ce miroitement de la vie qu'aucun miroir ne fixe, quand bien même il le saisirait un instant. Les maximes quelquefois se contredisent, il y en a même qu'il a renversées à plaisir. Elles sont habitées par la lumière de l'intelligence et l'ombre du doute, elles disent tout à la fois « je vois » et « je ne sais pas », elles offrent des emboîtements de poupées russes, la langue échoue à saisir l'être, quelque chose toujours se dérobe sous le scintillement du peut-être. L'auteur lui-même en fait l'aveu : « Il est difficile de définir l'amour. » Et puis, ajoute-t-il ailleurs, évoquant quelques personnages dont la vie est un roman que chacun croit connaître : « Un sujet peut avoir plusieurs vérités. »

— Écoute, j'ai fini ma chanson pour Indochine, je viens de la faxer à Nicola. Je peux te la chanter ?

Julien était en train de relire *L'Éducation sentimentale*, vas-y, a-t-il dit en posant son livre.

J'ai fredonné les paroles sur l'air que j'avais fini par savoir par cœur : Il n'y a pas d'amour il y a des moments d'amour des instants choses envolées des moments des mots en allés. Il n'y a pas d'amour il y a des gestes d'amour des fragments des éclats d'amour que le temps nous compte en jours. Il n'y a pas d'amour il y a des rêves d'amour l'océan n'a pas de contours l'horizon recule toujours. Il n'y a pas d'amour il y a des souvenirs d'amour comme un jardin une cour dont tu aurais fait le tour. Il n'y a pas d'amour il y a des regrets d'amour des instants qui tournent court dont la rime n'est pas toujours. Il n'y a pas d'amour il y a des moments d'amour mots gestes qui n'ont pas de sens car c'est le temps qui les dépense.

Julien est resté silencieux pendant une minute, puis il m'a dit :

— Je ne suis pas d'accord. C'est bien joli, ta chanson, mais pas vrai. C'est exactement l'inverse : l'amour est le contraire de l'instant. Le refrain juste, à mon avis, ce serait : il y a de l'amour, même quand il n'y a plus de moments d'amour.

— Bon, me dit Nicola un peu plus tard au téléphone, c'est un très beau texte, très émouvant, ça me touche beaucoup.

— Merci (moi aussi j'aime bien cette chanson).

— Non vraiment c'est super…

— Je suis contente (très contente).

— Il y a juste un petit truc, mais bon, c'est un détail…

— Oui ? (oui ?)

— Eh bien, en fait, ce qui me gêne dans ta chanson, c'est le mot « amour ». Sinon, elle est parfaite. Mais le mot « amour », ça ne va pas, il va falloir trouver autre chose.

— Pourquoi ? (Tu parles d'un détail !)

— Parce que, bon... Je ne t'en veux pas, tu n'es pas dans le milieu, tu ne peux pas savoir, mais le mot « amour », dans une chanson, ce n'est vraiment plus possible, c'est totalement dépassé. Si tu veux, comment dire..., l'amour, ça ne se fait plus.

J'ai emmené Alice avant-hier à l'aéroport, elle allait rejoindre Julien à Rabat pour les vacances, c'était la première fois qu'elle prenait l'avion toute seule. Julien est parti il y a trois mois, il a hésité à accepter ce poste mais la perspective de refaire du théâtre l'a décidé. En guise de baga-ges, il a mis toutes ses affaires dans de grands sacs-poubelles, ses vêtements, ses livres, ça faisait de gros tas informes, tout ce qu'on traîne avec soi, ce paquet de choses vieilles, secrètes et usées qu'on dépose au pied de l'autre pour qu'il nous aide à les porter, qu'il en partage le poids. « Tu es libre, m'a-t-il dit amèrement, tu as ce que tu voulais. Mais tu es seule aussi, tu vas voir comme tu es seule. »

Debout près de la voiture, je l'ai regardé char-ger le coffre, s'asseoir au volant. Quelques heures plus tôt, cherchant avec lui parmi la paperasse de vingt ans les documents dont il pourrait avoir besoin à l'étranger, j'étais tombée sur le dossier de Philippe. Je m'étais mise un peu à l'écart pour l'ouvrir, le feuilleter sans lui — carnet de naissance, feuilles d'analyses jaunies, rapport d'autopsie : cœur : 50 grammes, foie : 175 grammes, poumon droit, poumon gauche…, lettres d'insultes de médecins confraternels. Et soudain quelque chose m'avait sauté aux yeux, une chose qui, mais oui, bien sûr, tout m'est revenu : « Nous considérons comme diffamatoires les propos cités ci-dessous, exigeons leur retrait et demandons réparation à ceux qui en sont les auteurs ou éditeurs. » Et dans la liste, parmi les passages incriminés, il y avait une maxime de La Rochefoucauld. Bien que je l'aie écrit dans le livre, son nom n'était pas relevé, il était là, anonyme, comparaissant avec moi, accusé comme moi de mensonge et de fausseté, j'en aurais ri de plaisir si je n'avais pas déjà pleuré — François VI, prince de Marcillac, duc de La Rochefoucauld (1613-1680), résistant à mes côtés contre l'indifférence et l'oubli, François, mon prince à moi, traversant trois siècles de forêts pour m'aider à porter ce poids — la solitude, le malheur et la mort, tout ce qu'on ne peut regarder fixement, mais qu'on peut lire et relire parce que c'est marqué dans les livres, quoi qu'on fasse et quoi qu'on efface, le temps c'est de l'amour.

Julien a mis le contact, je me suis penchée à la vitre, on s'est regardés au travers. Puis il a appuyé sur le bouton électrique, la vitre est descendue lentement, chassant des reflets d'arbres et de murs, je t'aime encore, a-t-il dit. J'ai posé mes lèvres sur les siennes, moi aussi, Julien, je t'aime toujours.

Il a démarré nerveusement, la voiture a diminué au bout de la rue, j'ai dû disparaître en même temps dans son rétroviseur.

Le nom d'amour se conserve.

Après le départ d'Alice, je n'ai plus trop su quoi faire. Hier, je suis restée longtemps à la fenêtre du salon, à boire du vin que je m'étais servi dans l'un de ces verres qui n'existent pas. Sur le mur aveugle d'en face, où depuis des mois s'étalait, calligraphié à la peinture noire : L'Amour est unique, un petit malin avait rajouté en lettres rouge sang : L'amour est : tu niques (avec un grand Ah !). J'ai bu encore un peu de vin, puis je suis allée dans le bureau, j'ai décroché le téléphone, j'ai fait le numéro de Jacques, j'ai dit allô sans oser prononcer mon nom, prête à raccrocher aussitôt en fonction de sa voix, il a dit : c'est vous. On a parlé de choses et d'autres, il préparait son second long métrage, il cherchait des financements, Manon avait six mois, elle faisait lalala et savait dire « aime » — la voilà armée pour la vie, a dit Jacques. — Vous êtes heureux, alors ? — Non. Et vous ?

Je me voyais dans la vitre qui donne sur le

jardin, côté nord, l'ombre était déjà là. Le mimosa allait bientôt fleurir, devenir cette énorme boule jaune dont on sent bien qu'elle pourrait suffire au bonheur, quelquefois, si l'on pouvait se passer de mots.

— Moi non plus.

Il y a eu un silence, puis j'ai ajouté : vous m'avez manqué. Je n'avais pas réfléchi, mais c'était exactement ça que je voulais dire, ce que je m'entendais lui dire : vous m'avez manquée, comme on manque un train, peut-être l'avez-vous fait exprès, sûrement même, vous n'aviez pas envie de prendre ce train-là, sûrement…

— Vous voulez qu'on se voie ? a-t-il dit.

J'avais l'air vieille et fatiguée, dans le carreau, le jeu de la lumière et de la pénombre me montrait mon visage futur — une photographie de ma grand-mère. J'ai pensé à la fin de *L'Éducation sentimentale*, quand Mme Arnoux défait son peigne devant Frédéric et qu'il voit tomber d'un coup ses cheveux blancs. Tu es seule, me suis-je dit — ou bien était-ce la voix de Julien ? « Laissez-la, s'exclamait mon père quand j'étais petite et qu'on voulait faire les choses pour moi, laissez-la, elle peut le faire toute seule. »

Mais l'amour ?

— On se voit ? a répété Jacques.

— Oui, ai-je dit. On se voit.

J'ai traîné dans la maison, *Toi, tu voulais oublier Un petit air galvaudé Dans les rues de l'été Toi, tu n'oublieras jamais Une rue, un été*. Le téléphone a sonné, c'était Alice, il faisait beau, elle avait fait du dromadaire, elle m'embrassait fort fort fort, elle m'aimait elle m'aimait elle m'aimait — et toi ? — moi je l'aimais je l'aimais je l'aimais. J'ai allumé la télévision parce qu'elle était en train de la regarder et qu'il était la même heure au Maroc et en France — Mme de Sévigné et sa fille, souffrant d'être séparées, se fixaient rendez-vous pour regarder la lune en même temps, nous c'est la télé. J'ai enchaîné sur les actualités. PPDA a l'air plus jeune qu'au temps où ma grand-mère l'aimait. Quelques minutes plus tard, mère Teresa est apparue à l'écran, marchant d'un pas vif sur le chemin d'un bidonville, sa croix au cou, parlant à des enfants, mains jointes agenouillée parmi les pauvres gens. Au moment où il est fortement question de la béatifier, la publication posthume de son journal intime fait scandale. En 1958, elle écrivait en effet : « Dans mon âme, je sens que Dieu ne veut pas de moi, que Dieu n'est pas Dieu et qu'il n'existe pas. »

Ce matin au courrier, il y avait deux lettres pour toi. La première venait de ton avocat, qui te demandait, entre autres choses, de préciser si tu souhaites ou non, comme la loi t'y autorise, conserver ton nom de famille après le divorce.

Le nom de famille se conserve.

L'autre lettre disait :

« Bonjour,

Cette lettre est écrite à Laurence Ruel. Si vous n'êtes pas cette personne, pardonnez cette intrusion et jetez cette lettre au panier, elle ne vous est pas destinée.

Si vous êtes Laurence Ruel, alors permettez-moi de vous dire "tu" comme nous le faisions lorsque nous étudiions ensemble au lycée Marcelle-Pardé à Dijon.

J'ai acheté *Carnet de bal* la semaine dernière et je l'ai lu d'une traite. En début de livre il y avait quelques éléments sur l'auteur, née à Dijon ! J'ai voulu en savoir davantage et je suis allé faire un tour sur internet. Un vrai jeu de piste : des informations disparates, puis une photo de toi sur un site littéraire, ta date de naissance. Oui, les âges correspondent.

Et je crois que j'acquiers la certitude que tu es Laurence. Cette demoiselle aux longs cheveux d'un blond roux spécial, sage, toujours appréciée des professeurs, décrochant a priori sans effort bonnes notes et tableaux d'honneur, et qui ne regardait jamais personne.

Qui suis-je ? Mon nom est Jean-Louis Droz. Je ne sais pas si ce nom t'évoque un vague souvenir. Que dire de moi à cette époque ? J'étais maigre et portais des lunettes pour corriger ma myopie. Nous avons été ensemble de la sixième à la quatrième, ensuite j'ai changé d'établissement. Mes souvenirs de cette période sont encore très vifs. Certains noms me viennent spontanément à l'esprit : Gautier, Hervieu, Hélène Blanc, Alain Kreutzer, Jacques Delagrange, Villère (une brute qui nous avait rejoints en cinquième), Colette Royer (qui osait porter des minijupes au grand dam de la principale).

Je ne garde pas un bon souvenir de ces trois années de collège. Je n'étais pas un bon élève. Je cultivais les zéros comme d'autres les pommes de terre… Surtout dans les disciplines littéraires et particulièrement en latin. Je me souviens de l'humiliation de me rendre au bureau de Mme Riquier (ou Riquet ?) pour recevoir mes copies avec ses commentaires ironiques. J'ai des souvenirs très nets de cette femme mince et ridée, souvent habillée en tailleur-pantalon, très portée sur la religion, qui fustigeait les francs-maçons et les filles qui se maquillaient.

Un jour, elle avait demandé que tous ceux qui appartenaient à la religion catholique lèvent la main. Encore aujourd'hui une telle attitude me choque. Une seule main ne s'était pas levée, la tienne. À sa demande tu avais répondu que tu étais protestante. Me sentant terrifié par cette prof, j'avais lâchement levé la main, imitant la masse, pour ne pas me faire remarquer et ne pas avouer mes origines juives. Encore aujourd'hui je le regrette et déplore son attitude inquisitrice.

Mme Riquier interdisait dans ses rédactions l'usage du verbe être ! ! ! Quel tourment pour écrire !

265

Jean Colin, un blondinet, t'en souviens-tu ? Il était très amoureux de toi. En quatrième, il a même pris russe en deuxième langue pour rester avec toi. Un jour il me confia t'avoir suivie, d'abord jusqu'au cabinet de ton père puis jusque chez toi, il m'avait même précisé l'adresse où tu habitais (près du théâtre si mes souvenirs sont bons). Il me faisait remarquer chaque matin les robes que tu portais sous la blouse réglementaire. C'était mon meilleur copain et nous jouions frénétiquement dans la cour pour tenter d'impressionner les filles. Nous avons été brouillés plusieurs semaines, lui et moi, parce que Mme Riquier avait cru bon de me faire te donner la réplique dans la lecture de *Bérénice* : "Il est temps que je vous éclaircisse. Oui, Seigneur, j'ai toujours adoré Bérénice. Pour ne la plus aimer, j'ai cent fois combattu : je n'ai pu l'oublier ; au moins je me suis tu" — il aurait voulu le dire lui-même devant toute la classe. Et toi, tu avais récité toute la dernière tirade sans même regarder le livre : "J'aimais, seigneur, j'aimais, je voulais être aimée", tout le monde avait trouvé que tu exagérais, à faire la polarde, les filles disaient que tu te prenais pour une princesse, sauf Jean Colin, qui bien sûr te défendait, il disait que Bérénice, d'abord, c'était toi…

Pardonne-moi, des années après, de t'avoir fait tomber un matin de printemps dans la cour de récréation. Ton genou était en sang et tu pleurais. Le pire c'est que tu ne m'avais rien dit, pas un reproche, tu m'avais complètement ignoré. En classe, on avait installé une chaise pour que tu puisses allonger ta jambe, et je m'étais fait remonter les bretelles par Mme Riquier...

La dernière fois que nous nous sommes croisés, ce fut un soir de juillet, précisément le soir de l'affichage des résultats du bac dans l'enceinte du lycée Carnot. J'étais très heureux, j'avais vu mon nom, bac avec mention, mes parents étaient là aussi et mon père était très ému parce qu'il n'avait que son certificat d'études. Et puis, m'éloignant un peu de la masse des gens groupés autour des panneaux d'affichage, souhaitant marcher un peu pour savourer le plaisir d'être bachelier, je te vis, assise sur un banc. Je m'approchai, nous échangeâmes quelques mots. Toi aussi tu avais décroché ton bac, mais tu ne semblais pas particulièrement exaltée. J'ai pensé que peut-être tu attendais quelqu'un, et je t'ai quittée assez vite.

Juste quelques mots en ce qui me concerne : peu doué pour les lettres, je me dirigeai vers des études techniques, puis une école d'ingénieur, les Arts et Métiers. J'ai rencontré ma femme en stage à New York, nous avons eu deux beaux enfants. Mariés pendant quinze ans, nous sommes séparés depuis deux ans maintenant.

Je ne veux pas t'importuner plus longtemps, d'autant plus que tu es maintenant quelqu'un de connu, sans doute très sollicitée. Peut-être n'as-tu pas envie de répondre. Mais dis-moi tout de même, je voudrais le savoir : est-ce que c'est toi ? »

Alors tu as pris une carte postale que tu avais achetée un jour pour l'envoyer à Jacques — une carte ancienne de la Lune et de ses terres inconnues. Tu souriais en relisant la lettre, tu souriais parce que tu ne te souvenais de rien, absolument de rien, ni du genou, ni de Jean Colin, ni de lui au collège, sauf des lectures de Racine, des vers récités par cœur, et puis aussi d'une chose qui se dessinait de plus en plus nette dans ta mémoire, avec sa silhouette à lui, grande et mince, le jour des résultats du bac : ses parents qui pleuraient. Alors tu as pris la carte de la Lune, dessin imaginaire du XVIIe siècle avec des cratères et des mers, et tu as écrit :

Oui, Jean-Louis, c'est moi.

Laurence Ruel

31 décembre 2002

DU MÊME AUTEUR

Aux Éditions P.O.L

INDEX, 1991 (Folio n° 3741)

ROMANCE, 1992 (Folio n° 3537)

LES TRAVAUX D'HERCULE, 1994 (Folio n° 3390)

PHILIPPE, 1995

L'AVENIR, 1998 (Folio n° 3445)

QUELQUES-UNS, 1999

DANS CES BRAS-LÀ, 2000. Prix Femina (Folio n° 3740)

L'AMOUR, ROMAN, 2003 (Folio n° 4075)

LE GRAIN DES MOTS, 2003

Aux Éditions Léo Scheer

CET ABSENT-LÀ, 2004.

Composition Nord Compo
Impression Novoprint
à Barcelone, le 23 août 2004
Dépôt légal : août 2004

ISBN 2-07-030425-6./Imprimé en Espagne.